계집애 던지기
throwing a girl

납작한 농구 코트에
유효타를 날리는 순간

계집애 던지기 throwing a girl

납작한 농구 코트에 유효타를 날리는 순간

이음

허주영

차례

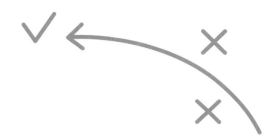

Part3. 농구를 하면서 알게 된 것들

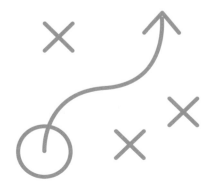

여자아이는 계집애처럼 걷기,
계집애처럼 고개를 갸우뚱하기,
계집애처럼 서고 앉기,
계집애처럼 몸짓하기 등
여성스러운 몸의 미묘한 습관들을 습득한다.

여자아이는 적극적으로 자신의
움직임을 방해하는 법을 배우게 된다.
다치지 않도록, 더러워지지 않도록,
옷을 찢지 않도록,
욕망하는 것은 위험한 일이라고 배운다.

아이리스 메리언 영,
『계집애처럼 던지기Throwing Like a Girl』(1990)

나의 경험을
말하는 것에 대하여

나의 경험에 대해 말하는 것이 과연 여자들에게 좋은 것일까?

농구 하는 것, 학창 시절 운동장의 기억을 현재의 시간으로 불러오는 것, 농구 코트라는 공공장소를 점유하기 위해 부딪치고 맞서 싸우는 것, 스포츠 시장에서의 여성의 위치에 대해 생각하는 것 등 나의 고유한 경험을 말하는 것이 동시대의 여자들에게 어떤 힘을 줄 수 있을까?

에세이는 응당 보편성을 획득하거나 진정성을 품거나 또는 공감대를 형성하는 것을 셀링 포인트로 삼아야 하는데, 내 글은 이 세 가지의 조건을 충족하는 것에 관심이 없어 보인다. 그렇다면 누가 읽는 것일까? 주변을 둘러보면 정작 농구 하는 친구들은 내가 쓰는 글에 별 관심이 없고, 오히려 스포츠라면 하는 것보다 보는 것에 가치를 두는 대학원생 동료들이 읽어준다.

어쨌든 나는 여자들에게 좋은 글을 쓰고 싶은데, 보편성을 획득하기 어려운 나의 고유한 경험을 말하는 것이 도움되긴 하는지. 차라리 '3대 500 치는' 유튜브를 시작하는 게 낫지 않을까 생각하기도 했다.

나는 여성 서사에서 전형적인 것으로 여겨지는 여자의 경험을 말하는 것에 익숙하지 않다. 그렇다고 지금의 시간에 발을 딛고 미래의 시간을 꿈꾸는 휴머니즘적 SF 쓰기에도 소질이 없다. 여자로 사는 것이 매우 힘든 일인 것은 맞지만, 여자로 사는 것에 덧씌워지는 결핍과 상실, 경멸과 혐오의 전형적이고도 상투적인 이미지가 누구의 관점으로 만들어지고 유지되는가 생각해보면, 이 삶 자체를 계속 사랑할 수 없게 되기 때문이다. 여자들이 타자로 경험되고, 여자들의 경험이 타자의 것으로 기록되었음을 받아들이고, 이러한 타자 집단을 향한 오염의 징후를 내면화하는 데 관심 갖기는 나로서는 어려운 일이다.

동시대의 여자들이 여자로 살아내기가 얼마나 고된 일인지를 공유하고 있는 와중에 내 경험은 조금 눈치 없는 이야기 아닌가? 흠… 아니, 오히려 이거야말로 여자들을 '임파 워링' 하는 이야긴가?

전형적인 여자들의 경험은 피해자의 위치와 조응했지 만, 이 책에서 내가 풀어낼 나의 경험들은 우리가 쉽게 떠올 리는 모든 여자를 위한, 전형성에 전략을 두는 서사 쓰기에 서 자꾸 조금씩 미끄러진다. 이를테면, 피해자와 가해자의 구도에서 벗어나지도 거기에 포섭되지도 않으면서, 특정한 구도 안에 자리 잡기에 관심 두지 않으며 몸의 경험, 물질 그 자체의 경험 말하기에 천착한다.

나는 체육 시간에 벤치를 지키는 쪽이 아니었다. 그보다 학기 초에 친구들이 나를 체육부장으로 지목하는 것에 익숙 했고, 공공장소에서는 주변에 길을 내어주는 동시에 몸을 상 하좌우 움직이며 적당한 반경을 차지하는 것을 당연하게 여 긴다. 그리고 이러한 고유한 경험들은 신체의 물질성과 조응 하면서 다른 여자들의 경험과 겹치고 또 경합한다.

그렇다고 나의 말하기가 기-승-전-결 명확하고 플롯이 탄탄 한 서사를 모방하는 것은 아니다. 주인공은 어쨌든 '나'지만,

주인공답지 않은 면모들은 분명 단일하지 않은, 일관성 없는 서사를 만들어낼 것이다. 단일하지 않다는 것은 너와 나, 우리가 각자의 신체로서 다른 시공간 속에서 다른 경험을 한다는 것을 가리키는 동시에 나 자신의 신체조차 오늘-내일, 과거-미래, 여기-저기에서 다르다는 것이다.

예컨대 나는 운동장이라는 공간이 익숙함에도 불구하고, 운동하기 딱 좋은 선선한 저녁 시간에 남자들이 점령한 농구 코트를 견딜 수 없어 새벽의 빈 코트와 여자들만 모여 있는 공간으로 옮겨가기도 한다. 이 일관성 없는 사건들은 모두 나의 신체에서 일어난 일이다. 왜 이러는 건지, 나도 내가 매우 헷갈린다. 이를 어떻게 설명할 수 있을까? 체육부장으로서 '나'는 구조적 힘에 저항하는 전복적 주체가 되고, 남자들이 점령한 농구 코트를 피하는 '나'는 체제를 내면화한 순응적이고 순종적인 주체가 되는가? 또는 전복적이기도 하면서 동시에 순응적인, 바로 그 유명한 중립적인 몸인가?

이것은 전형적인 여성의 경험인 것 같으면서도, 여성의 경험이 아닌 것 같은, 그렇다고 90년대 스타일의 근대적 주체로서의 "난 나야"라는 선언도 아니다. 진정성 있는 서사를 위해서는 언제나 마음속 깊은 곳 어딘가에 존재하는 진짜 나를, 그 고유한 자질을 ①발견하고 스스로에게 한 점 부끄러움

없는 모습을 시종일관 ②유지해야 비로소 인정받을 수 있는데 일관성과 연속성이 없는 경험들은 언제, 어디서 말해지는가에 따라 의미가 달라붙거나 소거된다.

그럼 종종 예측 불가능한 뒷걸음질로 여자들을 헷갈리게 만드는 나의 경험이 대체 어디에 좋다는 것일까? 물론 이 책은 스포츠 제도 내 차별의 고발을 통해 제도의 근거인 과학의 시도들에 물음을 던지기도 하고, 살림에 도움이 되는 생활체육과 피트니스 팁도 간간이 준다. 그러나 그 고발은 명쾌한 실천으로 이어지는 해답을 주려는 것이 아니라 오히려 단지 말하기에 초점을 둔 행위다. 이는 내가 내 이야기를 주절주절 말하는 것을 좋아하기 때문이기도 하지만 그보다 지극히 개인적인 것들을 통과하는 것이 나의 신체(들)을 말할 수 있는 유일한 방법이기 때문이다.

이는 나의 신체가 경합하는 것들에 대해 정치적으로 말하고 싶다는 일종의 선언이기도 하다. 지극히 개인적인 신체의 경험 말하기를 정치적인 지식 생산으로 부른다면, 우리는 아마 제2물결 페미니스트들의 유명한 구호, '개인적인 것이 정치적이다The Personal is Political'를 곧바로 떠올릴 것이다. 그러면 나의 선언은 여성들의 경험을 단일한 것으로 이해하고 거대한 구조적 힘의 존재를 거듭 확인하는 것에 그친다는 오해들을 고스란히 떠안을 수도 있다.

　　나는 이 문장 뒤에 '그럼에도 불구하고'를 쓰고 싶은 욕망을 매우 참았는데, 왜냐하면 그 표현이 더 이상의 긴 설명을 포기하고 오해로 인한 어떤 한계를 인정하는 듯한 기분이 들기 때문이다. 물론 인정하기는 우리가 가진 고민을 해결하고, 더 나은 고민으로 나아가도록 하는 윤리적인 태도지만, '그럼에도 불구하고'가 인정하는 어떤 한계는 오해들로 인해 정체되어 있는 페미니즘에 정치적 손해를 입힌다. 즉, 설명력과 생산력을 하락시키는 결과를 낳게 된다.

　　그래서 나는 오해의 가능성과 경합하면서 '개인적인 것이 정치적인 것'이 품은 단일한 주체의 의미를 다시 규정하고 설명하기, 그리고 다시 관계 맺기를 통해 여성의 몸에 대한 과학적이고도 담론적인 지식을 생산하는 과정에 개입하자고 독자들에게 요청한다.

　　페미니즘에서 몸은 언제나 문제적인 것이었다. 페미니즘은 여성의 신체에 접근하는 생물학적, 사회구성주의적 방식으로 권위 있는 '과학적 사실'에 문제를 제기했지만, 신체

가 경합하는 현실 그 자체에 대해서는 효과적으로 말하지 못
했다. 담론으로 구성된 효과의 의미와 한계를 이해하고 물질
의 경합과 관계 맺기engagement를 다루는 페미니즘 이론의
성과들은 나에게 나의 신체에 대해서 말하는 것이 정치와 지
식의 생산에 개입하는 행위임을 알려주었다.

삶의 팽팽하고 느슨한 긴장들을 생산적으로, 그리고 여
자들에게 좋은 방식으로 해소하기 위해 나의 신체와 지극히
개인적인 경험을 여기에 불러온다. 나의 경험을 말하는 것이
또 다른 여자들의 경험과 관계 맺기에 도움이 될 거라 믿는다.
지금 동시대에 여자로 산다는 것은 나에게 참을 수 없는 즐
거움이다.

이것은 본격 농구 하는 이야기지만, 동시에 하나가 아닌 몸,
연속적이지 않은 몸, 나도 모르는 나의 신체들이 경합하는
장소들을 정치적으로 위치시키고자 하는 일종의 시도이기
도 하다.

이 책은 2019년 7월부터 2020년 6월까지 웹진 <쪽>에 연재했던 '나의 신체(들)' 원고들을 바탕으로 작업했다. 연재를 처음 제안해준 이필 시인과 나의 원고를 늦은 시간에도 반겨주고 열심히 읽어준 희음 시인에게 감사를 전한다. 덕분에 무사히 연재를 시작하고 마무리할 수 있었다. 페미니스트 철학자 김은주 선생님에게도 존경과 감사의 마음을 전한다. 수업을 통해 많이 읽고, 배웠다. 아이리스 메리언 영의 글을 처음 접했던 것도 그 수업에서였다. 학문적으로 의지하고 기대받을 수 있는 사람이 있다는 것은 힘이 나고 기쁜 일이다. 나랑 놀아주는 걸스와 든든한 동료인 <Fwd> 필진들, 언제나 환대해주는 이현재 선생님과 한국여성학회 여름캠프 기획단 친구들에게도 애정과 사랑을 전한다. 당신들을 만난 것은 나에게 잊을 수 없는 사건이자 페미니스트로서 가장 큰 행운이다. 매번 촉박하게 요청해도 언제나 감동적인 드로잉을 그려줘 원고를 더 가치있게 만들어준 지인에게도 감사하다. 세상 다정하지만 코트에서만큼은 절대 살벌한, 농구에 미쳐버린 여자들, ASAP와 우리 스타일 멤버들에게 진심을 담아 감사의 말을 전한다. 나는 코트에서 농구뿐만 아니라 서로 다른 것을 맞춰가고 참아내고 사랑하는 법을 배웠다. 마지막으로 불꽃 같은 애정과 열정으로 원고를 깎아 이 책이 사람들에게 가닿을 수 있게 해주신 박우진 편집자님과 시소문고 팀에 감사한 마음을 전한다. 시소문고 시리즈가 던질 여자들의 이야기들이 기대된다. 이제 던지기를 시작한다.

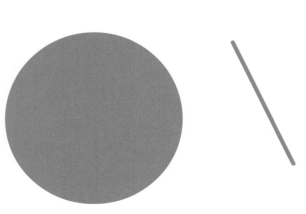

이것은 본격 농구 하는 이야기지만
동시에 하나가 아닌 몸,
연속적이지 않은 몸,

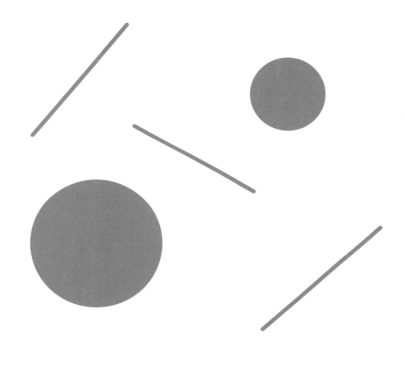

나도 모르는 나의 신체들이
경합하는 장소들을
정치적으로 위치시키려는

일종의 시도이기도 하다

Part 1

나는
트로피를
획득한다

①

공을 던지는
최초의 기억으로부터

공을 던지는 최초의 기억을 떠올린다.

제 몸만 한 탱탱볼을 아무렇게나 내던지고 어른들의 박수를 받는 유아 때의 사건 말고, 그러니까 내가 소녀였을 때 유효타를 날렸던 최초의 공놀이를 떠올려 본다.

나는 체육부장이었다. 점심 시간 이후의 수업은 언제나 졸렸지만 체육 시간에는 오히려 에너지 넘쳤다. 내가 몸풀기 운동 동작과 함께 하나 둘 셋 넷 선창하면 반 애들이 둘둘 셋 넷 하고 반복하는 것으로 수업이 시작되었다. 손목, 발목으로부터 허리와 골반을 골고루 비틀고 나면 관절이 열리고 무엇이든지 시작할 수 있을 것만 같은 몸이 된다.

당시 나는 말랑말랑하고 가벼운 피구공에 스핀을 넣어서 한 큐에 두 명을 아웃시키는 기술을 종종 구사했는데 이 기술의 시작은 위협적인 제스처, "(무심하게) 한번 던져볼까"로 수비의 신체를 긴장하게 만드는 것부터다.

개업 풍선 같은 몸놀림이 아니라 상체와 하체의 리듬, 그리고 선형을 그리는 신체의 중심을 이해한 몸놀림으로 던진 공은 손바닥을 가볍게 타고 가운뎃손가락 끝을 휘감으며 나아간다. 이때는 공이 손을 미처 떠나기도 전에 내 눈앞의 상대가 아웃이라는 것을 확신할 수 있다. 상대방은 내 공을 피하지 않고 잡기 위해서 낮은 자세를 취했지만, 역시 예상대로 그는 충격을 흡수하지 못했고 공은 튕겨 나갔다.

아니, 그런 줄 알았다. 공은 상대방의 품이 아니라 얼굴 중앙에 고스란히 충격을 가했고, 피구공은 그의 코뼈에 금을 내고 말았다. 친구의 얼굴 중앙이 빨갛게 퉁퉁 부어가는 것을 보고 나는 왜인지 서럽게 울었지만, 오히려 코뼈 고통의 당사자는 씩씩하게 양호실로 갔다.

여자아이들은 '계집애 같기' 때문에 축구나 농구에 적합하지 않은 신체를 가지고 있다는 선입견은 우리가 피구 하는 장면만 떠올려보아도 부서진다. 기억 속 여자아이들은 종종 스핀 '먹은' 피구공으로 뼈를 부러뜨리고, 단체 줄다리기에서 팔뚝만 한 밧줄을 어깨에 메고 당기다 십자인대가 파열되고, 발야구에서 몸을 날리다 다리의 옆면을 바닥에 고스란히 쓸어버리곤 했다. 이러한 종류의 부상은 움직임의 미숙함보다는 이기고자 하는 과도한 승부욕에서 비롯되며, 언제나 예상치 못한 순간에 허무하게 일어난다.

위의 사건을 나의 최초의 공 던지기로 규정짓는 것은 도덕적으로 옳은 것이 결코 아니겠으나, 그럼에도 피구공으로 상대방의 코뼈에 금을 낸 일은 실제로 나의 기억에 강력하게 남아 있으며, 종종 여자아이들의 과격했던 공놀이를 증언할 때, 즉 '계집애처럼 던지기Throwing Like a Girl'◆가 실재하지 않는 것임을 증명할 때 좋은 말할 거리가 된다.

독일계 현상학자이자 신경의학자인 어윈 슈트라우스

◆ 아이리스 메리언 영은 에세이 『계집애처럼 던지기』(Bloomington: Indiana University Press, 1990)에서 여자아이들의 움직임은 타고난 것이 아니라 미숙하게 움직이도록 배워왔음에 대해 썼다. 이 책의 제목 『계집애 던지기Throwing a girl』도 그의 에세이 제목에서 'like'를 빼고 베껴왔다.

Erwin Straus는 공을 던지는 행위에 남녀의 현저한 생물학적 차이가 있음을 주장했다. 그는 소녀의 여성스러움feminine을 아주 어린 나이부터 발견되는 본질적인 것으로 해석한다. 그러나 페미니스트 철학자 아이리스 메리언 영Iris Marion Young은 남성과 여성의 생물학적 차이로 모든 것을 설명하려는 슈트라우스의 오래된 주장에, 신체 차이는 근육의 힘이나 공감각적 능력의 부족이 아닌, 여자들 스스로 자신의 신체가 정수기 생수통을 갈아 끼우기에는 적합하지 않다고 '인식'하는 데 있다고 반론한다.◆ 슈트라우스 식의 고리타분한 인식은 수많은 비판을 받아왔고, 지금 여기 한국에서도 운동에 적합하지 않은 신체를 타고난 게 아니라 운동할 기회가 주어지지 않았음을 깨달은 여자들의 이야기들로 인해 깨어지고 다시 쓰여지는 중이다.

여성적인 것으로 여겨졌던 내재화의 흔적을 지우기 위

◆ 영은 여자들이 몸 전체를 사용하지 않고, 직접 관련이 있는 신체의 부분에만 힘을 집중하며 움직임을 스스로 억제하는 경향을 발견한다. 당신이 여자로서 정수기 생수통을 갈아야 한다면? 생수통에 몸을 최대한 붙여 하체의 힘으로 들어 올리기보다는 팔 앞쪽 근육인 전완근에 힘을 무리하게 주다가 실패하도록 한다는 것이다.
Iris Marion Young, *Throwing Like a Girl, on Female Body Experience* (Oxford University Press: New York, 2005), p.34.

해 노력하는 여성들은 옷장을 비워내고 마른 몸의 강박에서
벗어나 근력을 키우는 새로운 취미 활동을 찾아 나선다. 미
디어에서 재현되는 여성 신체의 모습도 이에 응답하듯 점점
튼튼해진다. 신체를 통한 탈여성성의 표현은 궁극의 변화를
가시화하는 데 이른다. 예컨대 '치토스 팔뚝'을 가진 여자들
이 사각팬티를 입고 투포환을 던지거나 남자를 은유적으로
죽이는 것을 보여줌으로써 여자들에게 긍정적인 힘을 부여
하는 것이다.

이러한 흐름에 나의 다소 과격한 최초의 공 던지기를 보탠다.
우리가 기록하는 최초의 공 던지기의 기억은 거짓이나 조작
이 아니라 지금의 시간성 위에서 정동되는 새로운 인상이 되
고 있으며, 이런 이야기들은 여자들의 신체에 대한 서사를
갱신한다.

②
계집애 던지기

투니버스 보던 시절, 애니메이션에서 여자아이들이 뛰는 모습은 그야말로 충격이었다. 안짱다리의 극대화, 앞이 아니라 안팎으로 휘두르는 팔, 높은 톤의 괴상한 숨소리, 그렇게 뛰는 소녀들은 당연히 쉽게 지치고 넘어졌다. 왜 저렇게 뛰어? 왜 앞으로 가는데 옆으로 뛰는 거야? 아무리 만화나 애니메이션 속 2D 인간이라고 해도 생물학적으로는 물론 해부학적으로도 불가능한 뜀박질이었다. 팔다리가 제 맘대로 움직이겠다고 제각각 고집을 부리고, 통합된 몸뚱이의 주인은 오히려 당황하며 거기에 휘둘리는 듯 보였다.

    이러한 움직임은 정면보다 넓은 측면 공간을 필요로 했

기 때문에 앞으로 나아가는 것이 아니라 위로 솟아오르거나 가라앉은 공기를 헤집는 것에 가까웠다. 그러다 보니 생사를 건 모험을 떠나서도 쫓고 쫓기는 급박한 사건을 마주하면 여자 주인공들은 첨단 로봇처럼 복잡하고 어려운 일은 잘했지만 뜀뛰기 같이 간단하고 쉬운 일에 서툴렀다. 그러니까, 초능력이 있지만 언제 주문을 외쳐야 할지 몰라, 그것을 결정해줄 조력자가 필요했다. 나는 언제부턴가 몰입을 위해 비효율적 움직임들에 대해 생각하기를 멈췄다. 그냥, 서툰 움직임들은 목적을 향해 나아가는 것이라기보다 극 중 전개에 따라 계집애인 척하는 것으로 생각하는 것이 만화를 계속 볼 수 있는 유일한 방법이었기 때문이다.

하지만 학교 복도에서 친구들이 실제로 그렇게 뛰어다니는 것을 목격하고 나는 무시할 수 없는 충격에 휩싸였다. 2D 인간만큼 과장된 몸짓은 아니었지만, '여자아이가 뛰다'라는 문장을 몸으로 설명하는 스피드 퀴즈를 하는 것만 같았다. 그러한 '유사' 뜀뛰기는 교실 두 개를 지나치기도 전에 끝났으며, 그것은 나 같은 애와 놀아줄 수 없다고 말하는 몸짓이었다. 머리를 헤집고 복도의 끝과 끝, 1반부터 8반까지 쉴 새 없이 뛰어다니는 계집애였던 나는 또래의 여자아이들에게 왜 그렇게 뛰는지? 질문받았고 나도 마찬가지로 왜 그렇

게 뛰는지? 물었다. 우리는 서로에게 질문했다. 왜 그렇게 뛰어? 왜 그렇게 뛰어? 우리는 왜 그렇게 각자 뛰었을까? 어디로 향하고 있었을까?

피구나 농구뿐만 아니라 어떤 스포츠를 하더라도 여자아이들은 '계집애처럼' 움직이기를 기대받는다.

나는 길거리를 걷다 오락실이 보이면 방앗간 그냥 못 지나치는 참새처럼 종종 펀치 머신, 사격, 야구, 농구 등을 하러 들어가서, 오락실 안에 있는 모든 기계의 최고 기록을 갱신하기를 좋아한다. 그런데 예상치 못하게, 오락실에서도 여성들은 낮은 점수를 받길 요구받는다. 특별한 스킬 없이 누구나 즐길 수 있는 가벼운 오락들임에도 남자는 1500점을 받아야 인형 따위의 경품을 받을 수 있지만 여자는 (초등학생과 같은) 1000점만 받으면 된다.

이거 좋은 걸까? 기분이 나쁘지만 인형을 받으니까! 하지만 인형을 손에 쥐고도 여전히 기분이 나쁜 건, 이러한 상황이 너무 익숙하다는 점이다. '남자는 1500점, 여자는 1000점'이라는 글씨로 벽에 커다랗게 써 붙인 것은 여자들에게

만 인형을 주고 싶은 오락실 주인장의 지나친 마음이 아니라, 모종의 이유로 여자들은 오락에 소질이 없다고 공공연하게 내비친 낯익은 마음이다. 동네 오락실을 포함하여 언제 어디에서나 여성들은 사랑스럽고 미숙한 계집애가 되길 자주, 문득, 그리고 끊임없이 기대받았다.

계집애처럼 던지기는 여자들의 일상이 아니라, 여자들이 일상적으로 기대받아온 미숙한 모습이었다. 사람들이 떠올리는 여자아이의 모습에서 '나' 그리고 '너'의 얼굴은 좀처럼 찾을 수 없다. 단정하거나 순수하거나 연약하거나 했던 그런 기억이 나에게는 없지만, 나를 만난 적도 지나친 적도, 심지어 들어본 적도 없는 사람들의 기억에서 나는 그런 계집애였던 것이다. 비록 당신이 공을 계집애처럼 던진 적 없어도, 그것과 상관없이 우리에게 계집애처럼 던진 역사가 붙어 있는 것과 같은 이유에서다. 여자아이가 스스로 여자아이로 인식하는 것이 사랑스럽고 미숙하지만 동시에 훌륭하고 자랑스러운 일이 될 수 있길 바란다. 그리고 실제로 소녀가 되는 것은 그런 일이다.

우리는 스펙터클한 길을 돌고 돌아 여성이 없는 여성들의 서사를 떠나왔다. 하지만 운동할 기회가 없었다는 것을 깨달은 여자들의 고백, 또는 언제나 운동을 좋아하고 지속적으로 해왔던 여자들의 기억으로 서사를 갱신하는 것 자체가 목표가 될 순 없다. 섣부른 걱정일 테지만, 그것이 여성성의 또 다른 표본을 채집하는 일이라면 말이다. 그런 서사들로 여성의 신체가 내재성에 압도되어 있었다는 것, "할 수 없음"을 전제하고 있었다는 것, 그리고 언제나 객체로 인식되었다는 것◆을 드러낸 것은 페미니스트들이 이룬 훌륭한 성과이자 업적이다. 다만 이 한계들은 여자아이들이 자신을 '여자아이'로 인식하는 특정한 순간에 비로소 작동된다는 것을 놓쳐서는 안 된다.

이를 나의 경험에 비추어보자. 나는 초등학교 때, 체육 시간이 있는 날에는 하얗다 못해 푸르스름한 흰 체육복을 입고 가야 했는데 그 옷은 편했지만 왠지 신경 쓰였다. 오늘의

◆ "여성 운동성의 세 가지 양상은 불명확한 초월성, 규제된 의도성, 불연속적 단일성이다. The three modalities of feminine motility are that feminine movement exhibits an ambiguous transcendence, an inhibited intentionality, and a discontinuous unity with its surroundings.", Iris Marion Young, 앞의 책, p.35.

점심 메뉴가 무엇이었는지 더 잘 보이게 해서만은 아니었다. 신경 쓰였던 것은 배꼽쯤에 묻은 검붉은 소스가 아니라, 햇빛 아래에서 더욱 잘 비치는 속옷이었다. 희미했던 성별을 뚜렷이 비추는 흰 옷은 나를 종종 움츠러들게 했고, 나의 운동 능력을 발휘하는 데 분명 방해가 되었을 것이라고 나는 확신한다.

그리고 이것은 특정한 상황과 조건하에서 인식된다. ① 햇빛 아래에서 흰색 옷을 입고 ②피구나 발야구 같은 '소녀화'된 종목이 아니라 남자애들과 함께 부딪치는 농구나 축구 같은 종목을 하다가 ③다른 여자 친구들과 눈이 마주쳤을 때. 이 몇 개의 정황들이 얼추 맞추어질 때, 비로소 나는 여자아이로서 운동 능력을 최대한 발휘하기 어려워졌다. 피구나 발야구가 아닌 농구와 축구는 여자아이의 능력 너머의 일로 인식되어 넓은 필드에 놓인 계집애의 신체는 한없이 어색했다. 운동장의 한가운데에서 여자아이들이 서로 눈 마주쳤을 때, 내가 여기서 지금 뭘 하고 있는지 멈칫할 때, 그들은 어색함에 좌절하고 동시에 능숙하게 보이기를 원하지 않는다. 미숙함과 좌절, 그리고 결코 강하게 보일 수 없음을 의식한 계집애의 신체는 나선형의 첨탑을 돌고 돌고 또 돌게 된다.

그것이 무엇이든 대표화되는 것들의 표본은 언제나 한정적이고 부자연스럽다. 그러므로 계집애의 안짱다리와, 통합되지 못한 채 달릴 때마다 엉켜버리고 마는 여성의 신체는 더이상 권장되지 않는다.

그러므로 나 같은 계집애는 스크랩북에 채집된 계집애를 던져버리기로 한다. 계집애를 던지는 것은 은유가 아니다.

나 같은 계집애는 스크랩북에 채집된
계집애를 던져버리기로 한다.

**계집애를 던지는 것은
은유가 아니다.**

③
여성의 농구에는
이유가 필요한가

나는 2015년부터 ASAP라는 팀에서 아마추어 농구를 시작했다. 어쩌다가 (여자가) 농구를 시작했냐고? 나의 공놀이는 어떤 특별한 이유를 요구받는다. 언제나 그렇듯 익숙하고 지겨운 질문을 위한 훌륭한 대답은 없다. 어릴 때부터 좋아했다? 음……그냥? 이러한 의미 없는 이유들은 질문자를 절대 만족시키지 못한다. 나는 이러한 질문에 어떻게 상대방의 입을 틀어막을지 오랫동안 고민했다. 그러나 의문이 드는 것은 사실 당연하다. 이 사회는 여성에게 운동을 권유하지 않았기 때문이다.

그럼에도 불구하고 여성인 내가 농구를 한다면, 나는 어떤 특별한 사연으로 구구절절 질문자를 안심시켜야 한다.

테니스, 골프, 배구, 피겨 스케이팅, 리듬 체조, 컬링 등 여성화되었다고 해도 과언이 아닌 몇몇의 스포츠◆를 제외하고, 대부분의 스포츠 공간에서 여성들은 침입자로 여겨진다. 코트의 주인들은 침입자인 나에게 "왜 농구를 하기 시작했는가"라는 질문을 던졌지만, 나는 침입자로서 대답하기보다 코트의 주인으로서 대답하곤 했다. "여기는 내 홈 코트인데?" "너 몇 기냐?" 따위의 대답으로 질문을 조롱하는 것은 피곤한 감이 있어도 대체로 재밌기 때문이다. "왜?"라는 질문이 순진무구하게 여겨질 수 있는 것은, 질문자가 평소 행실 바른 착한 청년이기 때문이 아니라, 여성이 스포츠의 장에서

◆ 골프는 여성부의 상금이 남성부보다 높은 유일한 프로 종목이다. 여성 선수들의 실력이 돋보이는 대표적인 스포츠인 테니스는 어떨까? 빌리진 킹이 은퇴한 남자 테니스 선수를 이긴 것을 계기로 4대 메이저 대회 상금이 점차 동일해졌지만 프로 테니스 투어의 경우 여전히 남성부ATP의 상금이 여성부WTA보다 높다. 인기와 스폰서십에 따라 임금을 몰아주는 것을 공정한 것으로 여기며, 불공평한 구조를 적극적으로 유지하고 싶어하는 스포츠 산업에서는 참 의아한 일이다.

배제되는 것이 당연한 일상이기 때문이다. 평온했던 일상의 리듬을 깬 침입자에게로 향하는 질문은 따뜻하지도 차갑지도 않은 그저 무감각의 언어이다.

우리는 이러한 질문에 어떤 대답을 할 수 있을까? 좋은 대답이 가능하긴 할까? 이제는 좋은 대답을 찾기보다 질문하는 상대의 일상을 지탱하고 있는 작은 규모의 차별들, 끔뻑이는 순진한 눈꺼풀이 덮고 있는 혐오를 다시 묻는다. 당신은 일상이 가능한지? 그것은 누구의 일상인지?

우리는 남녀가 스포츠에 대해 동등한 참여 기회를 갖지 못한다는 것에 익숙하다. 초등학생 때 체육 시간을 떠올려보자. 남자아이들이 축구를 하며 운동장의 이 끝과 저 끝을 누비는 동안 여자아이들은 모서리에서 피구를 한다. 피구는 날아온 축구공에 여러 번 훼방받지만 여자아이들은 언제든지 날아올 수 있는 축구공을 의식하다 못해 오히려 자신들이 축구를 방해하고 있다고 생각하게 된다.

운동장은 남성적인 공간, 남성들의 장소로 자리 잡고 그 공간에서 여자아이들은 점점 배제되어왔다. 스포츠의 불평등한 조건들은 여자아이들에게 신체 활동의 기회가 주어지지 않은 이유를 증명한다. 그러나 우리는 '땀 흘리며 축구를 하는 남자아이들과 햇빛을 피해 벤치에 앉아 있는 여자아이들'과 같은 익숙한 광경을 설명할 때, 여자아이들에게 공을 쥐여주고 운동장을 내어준 적이 없다는 문제를 지적하기보다 남녀의 신체적 차이를 스포츠를 즐길 수 있거나 없는 본질적 특질로 여기는 것에 익숙했다.

게다가 여태껏 과학을 포함한 주류의 관심사는 문화사회적 요소들이 불러오는 신체적 차이가 아니었다. '스포츠는 남성의 전유물'이라는 담론이 하나의 구성물이라는 것, 여성에게 스포츠를 경험할 수 있는 기회가 적다는 사실보다 여성이 남성보다 신체적으로 약하게 '태어났음'을 더욱 강조해왔다. 그리고 그 경계를 흐리는 여성들은 질문의 표적이 되어왔다.

과연 여성과 남성은 얼마만큼 다른 신체적 능력을 타고난 것일까. 그것이 문화사회적인 요소들과 조건들 이전에 작동할 만큼 본질적이고 변경 불가능한 것이라면 대체 얼마나 큰 차이가 여성과 남성 사이에 놓여 있는 것일까.

④

여성의 기록은 아직
한계에 다다르지 않았다

어느 날 우연히 옆 테이블의 대화 내용을 들었다. 자신이 알고 있는 가장 힘 센 여자=장미란도 남자는 이길 수 없다는 것이었다. 2008 베이징 올림픽에서 총 326kg의 기록을 세운 장미란도 단지 여성이기 때문에 남성에게 무조건 진다는 말이다. 그가 말하는 '남자'는 무엇일까. 실체가 있는 것일까. 이러한 납작한 강자와 약자의 도식을 공공장소에서 무방비 상태로 듣고 말았다. 어떻게 저런 얘기를 아무렇지도 않게 할 수 있을까. 과연 '모든 남자한테 진다'라는 말처럼 '나에게도 진다'라는 말도 감히 할 수 있을까.

어떤 남자가 남성이라는 기표에 은근히 자신을 포함시

키면서 모든 여성을 객체의 위치로 끌어내리는 방식으로 주체성을 획득하는 모습은 아마 우리에게 익숙할 것이다. 이브 세지윅Eve Sedgwick은 여성이라는 대상을 매개로 남성들이 연대와 동일시를 통해 자신의 주체성을 획득하는 것을 남성들의 '동성사회성homosocial'이라고 불렀다. 결국 남성들의 주체 되기란 젠더 주체화로서만 가능한 것이다. 옆 테이블의 남자가 "'나'는 장미란 이겨"라고 감히 말할 수 없지만, "남자는 (장미란 포함) 여자 다 이겨"라고 당당하게 말할 수 있는 것은 바로 이러한 이유에서다. 이 남자를 포함해, 식당이나 카페 등 공공장소에서 나쁜 말을 시끄럽게 하는 남자들이 남자가 어쩌고, 여자가 어쩌고 하는 것은 그들이 자기 주체성을 획득하는 방식이 실은 매우 아슬아슬하다는 것을 보여준다. (친구들과 '우리가 옆자리에서 만난 남자들' 시리즈를 만들자는 계획을 세운 적도 있다.) 그 주체라는 것이 기대고 있는 성별 뒤에서 개인의 다양한 조건들이 은폐되고 삭제되며, 그 결과로 모든 개인은 인식 가능한 단 두 개의 성을 통해서 자신의 위치를 결정 짓게 되는 것이다.

이것이 나는 일종의 그리스 신화처럼 느껴진다. 우리는 아직 신의 이야기에 빠져 있는 것일까? 도식화한다면 이런 것이다. 세상에서 가장 강한 여성과 가장 강한 남성이 싸워

그중 남성이 이기면, 모든 남성은 세상에서 가장 강한 남성이 차지한 승자의 자리를 덩달아 획득하며, 그 게임에서 진 여성은 패배의 자리, 실패의 자리로 간다. 즉 어떤 여성도 자리를 획득하지 못하게 된다.

기울어진 운동장에 대한 비판은 많은 공적 또는 사적 담론장에서 이야기되어왔다. 생활체육뿐만 아니라 프로 스포츠 시장에서도 여성을 위한 필드는 압도적으로 좁고 열악하기 때문에 여성 스포츠 시장은 남성을 위한 시장과는 사실 비교 자체가 불가능하다.

　아마추어 필드에서 뛰는 남녀 선수의 숫자부터 크게 차이가 난다. 예를 들어 2019 생활체육서울시민리그의 농구 부분 예선 참가자를 살펴보자. 서울특별시체육회에서는 만 19세 이상의 20명 이내로 이루어진 남성 304팀, 여성 24팀을 모집했고, 실제 예선에 참가한 팀은 남성 246팀, 여성 26팀이었다. 이 숫자만 비교해보아도 성별에 따른 참여율은 남성이 여성의 9.5배다. 참여율의 차이는 단순히 농구를 좋아하는 남자가 여자보다 많거나 또는 남자가 여자보다 더 운동을 잘하기 때문에 나타난 것일까?

이 숫자를 이해하려면 아마추어가 프로 구단의 상황에 많은 영향을 받는다는 점도 고려해야한다. 예를 들어 2006년에 한국여자야구연맹이 생기기 전까지는 여성 아마추어 야구팀은 없었다. 아마추어 여성 선수들은 야구가 아닌 소프트볼을 했었다. 한국여자야구연맹이 생긴 직후에는 국제 대회에 출전할 여성 국가대표 선수들을 아마추어 소프트볼 팀에서 선발하기도 했다. 지금도 여전히 프로 여성 야구 구단이 없지만 협회에 소속된 팀들은 조건에 따라 태극마크를 달고 국제 대회에 출전한다. 이처럼 국내 연맹이나, 프로 구단이 있는 스포츠는 아마추어 필드가 형성되기 쉽지만 그 반대의 경우엔 그렇지 못하다.

그러나 수가 적다는 것이 곧 여성이 열등하다는 것을 증명하는지를 따져보면 결코 그렇지 않다. 2017년 각 종목의 세계기록만 봐도 남성과 여성의 기록 격차는 1990년대에 비해 빠르게 좁혀지고 있다. 수영 종목에서는 5% 미만(자유형 1500m 장거리의 경우 여성이 더 좋은 기록을 가지고 있기도 함), 러닝 레이스에서는 7% 이하로 줄어들었다. 러닝 레이스의 경우 1950년에는 격차가 12~14%였다.

여러 스포츠 분야에서 여성의 기록은 아직 한계에 다다

르지 않았으며, 따라서 향후 더 향상될 것이라는 주장이 많다. 스포츠 기록 연구자들 사이에서는 세계기록이 무한히 향상할 것인지 또는 현재 한계에 도달했는지를 두고 계속해서 논쟁이 벌어지고 있다. 이러한 논쟁 안에서 적어도 남성의 기록은 한계에 다다른 상태라는 데에 전문가들의 합의가 어느 정도 이루어졌지만 여성의 기록은 그렇지 않다.

한국에서는 <빌리진 킹: 세기의 대결>이라는 제목으로 개봉한 영화 <Battle of the Sexes(직역하면 '성의 대결')>(2017)은 남녀동일임금 주장이 나오던 1970년 미국 프로 테니스계를 배경으로 한다. 당시는 여성 리그의 상금이 남성 리그에 비해 매우 적었고, 이에 여성 테니스 선수들이 문제를 제기하던 상황이었다. 여성 선수들은 대회를 독립적으로 개최하는 등 분투했지만, 결국 동일 상금을 쟁취하는 데 결정적인 역할을 한 사건은 바로 당대 최고의 테니스 선수 빌리진 킹이 은퇴한 남성 선수 바비 릭스를 상대로 치른 테니스 경기였다.

이 경기에서 빌리진 킹이 승리한 후 상금이 동일하게 적용된 것은 매우 다행인 일이지만, 여성 선수가 남성 선수를 이겨야만 동일임금이 실현될 수 있었다는 점에 웃을 수만은 없다. 항상 남성과 여성의 본질적인 신체적 역량 차이를 강조해놓고는, 여성 선수가 남성 선수보다 뛰어난 실력을 보여야만 동일노동을 인정했다는 것은 기존의 관점에서도 매우 모순적이다.

지금의 관점으로 보았을 때는 전성기의 여성 테니스 선수가 은퇴한 남성 테니스 선수를 이긴 것이 뭐 그리 대단한 일인가 싶고, 만약 이 시대에 감히 이러한 성 대결이 펼쳐질 수 있다면 관전 포인트는 과연 한물간 남성 선수가 여성 선수를 상대로 한 세트라도 얻을 수 있을 지가 될 것이다. 아, 물론 당시에도 바비 릭스는 빌리진 킹에게 한 세트도 따내지 못했지만 말이다.

이것은 1970년 미국에서 일어난 일이지만, 지금도 '동일노동, 동일임금'은 좀처럼 실현되지 않고 있다. 왜냐하면 스포츠계는 동일임금은 둘째 치고, 동일노동을 전혀 인정할 마음이 없기 때문이다. 한편으로는 실력이 임금을 결정한다고 주장하면서도, 여성 선수들의 실력이 점점 더 빠른 속도로 성장하고 있음을 무시한다. 여전히 편의적으로 남성의 신체적 우월성을 강조하며 동일노동을 인정하지 않고 있는 것이다.

최근 미국여자축구대표팀이 임금 격차 문제를 제기하자 미국축구연맹USSF이 "임금 격차는 성차별이 아닌 과학"

이며, "여자 팀은 남자 팀보다 기술, 노력, 책임감 등의 측면에서 동일한 일을 수행하지 않는다"고 언급한 것은 대표적 사례다.[*] 나는 USSF가 주장하는, 그리고 스포츠가 말해온 과학이 "누구의 과학이며, 누구의 지식인가"[**] 묻지 않을 수 없다. 편견이나 차별이 들어갈 자리에 아무 때나 '과학'을 붙여서 설명하려는 풍조는 물론이고 (과학의 입장도 들어봐야 하지만) 성차별에 적극적으로 호응하는 과학에 이미 마음이 복잡해진 지 오래다.

USSF가 말하는 '과학'이 스포츠에서 좋은 역량을 발휘할 수 있는 남성의 신체적 조건의 절대적 근거라면, 모든 임금은 태어날 때 정해진다는 것인가? 그렇다면, 동일노동의 의미는 지극히 본질적인 것이 되고 그들이 말하는 과학은 왜 특정한 성별, 인종, 계급, 지식에만 가치가 부여되는지 증명하려고 전전긍긍 노심초사하는 낡고 오래된, 그러니까 단체카톡 지라시 같은 것에 불과하다.

---

[*] "남성 선수가 여성 선수보다 더 높은 수준의 기술을 필요로 하기 때문에 여성 임금이 더 낮아야 한다. Women's Pay Should be Less Because Male Players Require More Skill", *CBS NEWS*, 2020.3.11.

[**] 1991년에 출간된 페미니스트 철학자 샌드라 하딩의 저서 제목이다. 전통 과학의 남성 중심적 인식을 재고하며 여전히 주요한 여성학 입문서 중 하나로 여겨진다.

남녀 간 격차가 점점 줄어든 것을 증명하는 연구들과 경기 기록들은 남성과 여성의 (생물학적, 해부학적, 물리학적 등 수없이 많은) 경계와 차이에 대한 뿌리 깊은 관성에 반反한다. 새로운 기록들은 스포츠에서의 남성과 여성의 엄격한 구분의 의미를 다시 묻는다. 즉 생활체육 리그 참여율의 차이는, 앞에서 언급했듯이 성별에 따른 본질적인 실력의 차이에서 비롯되었거나 투자자들이 남성 스포츠에 몰려있기 때문에 어쩔 수 없는 것으로 환원되지 않는다. 이는 여성 스포츠 시장을 없는 것처럼 여김으로써 남성 스포츠 시장에 모든 가치를 몰아넣은 일상의 차별들이 불러온 차이들이다.

과거 1950년대의 기록들이 보여주는 성차와 현재의 성차는 각 시대의 문화적, 사회적, 심리적 조건들과 환경 및 행동의 요소들을 통합적으로 이해하지 않고는 설명 불가능하다. 현재보다 더 발전할 미래의 기록들과 모두를 위한 운동장을 위해 우리는 여성의 신체적 조건이 얼마나 약자의 자리에 알맞은지, 그러므로 남성 중심적 세계가 얼마나 타당한 것인지 증명하는 일을 멈춰야 할 것이다.

⑤
#농구하는여자

어느 날 #농구하는여자 라는 해시태그가 달린 단체 사진 속에 웃고 있는 나를 발견하는 순간, 참을 수 없는 저항감과 분명한 불쾌감에 휩싸였다. 왜 그랬을까?

나는 분명 '농구하는 여자'가 맞는데, '#농구하는여자'에 왜 몸이 간지러워지고 엄청난 거부감이 드는 걸까? 이는 다른 '#농구하는여자'들이 사람들 다 있고, 나만 없는 요가 팬츠를 입고 있어서 그런 것이 아니라, 그 분류에 '농구'와 '여성'의 조합을 유별난 것으로 여기는 시선이 녹아 있기 때문일 것이다. 국내 최초로 유럽에 진출한 여성 핸드볼 선수 홍정호는 남성 감독이 하면 뉴스거리가 되지 않을 일을 여성 감독이 했을 경우 뉴스거리가 되는 것에 문제를 제기하며, "'여성 감독'이라는 수식어가 사라지길 기대"한다고 말했다.◆ 왜 농구하는 여자를 '농구하는 여자'라 부르지 못하고, 왜 여성 감독을 '여성 감독'이라 부르지 말라는 걸까.

파워와 스피드를 모두 갖춘 퍼포먼스를 보여주는 NBA 선수 르브론 제임스의 호르몬 수치는 아무도 궁금해하지 않지만 남아프리카공화국 육상 선수 캐스터 세메냐가 대회에 출전할 때마다 논란이 되는 것은 그가 "여성"임에도 불구하고 너무 잘 뛰고, "여성"으로 상상되는 신체와 능력에 일치되지 않기 때문이다. 게다가 세메냐는 스스로를 인터섹스로 소개한 적이 없지만, 여성부에서 뛰는 인터섹스 선수로 불리고, 그의 존재 자체가 불공정한 것으로 여겨진다. (스포츠 시장의 퀴어한 신체들은 3장에서 자세히 다룬다.)

　스포츠 시장이 불공정하게 구성되어온 것에 사람들은

◆ 홍정호, 「불평등 속에서도 여성 스포츠는 진보한다」, 『서울스포츠』 5월호 (355) (서울특별시체육회, 2020), 25쪽.

한없이 너그럽다. 여성 팀보다 남성 팀에 훨씬 많은 투자자들이 붙는 것, 비인기 종목 선수들이 열악한 환경에서 훈련하는 것 등을 당연하게 여긴다. 같은 이유로 여성 스포츠의 장이 열악한 것은 남녀 간 실력 차이에 따른 필연적인 불공정이기 때문에 오히려 공정하다고 여긴다. 그런데 세메냐의 사례에서는 정반대다. 구조적 문제도 개별적인 능력 차이로 환원하던 너그러운 시각에서 벗어나 타고난 실력에 불공정성의 잣대와 의미를 부여한다.

농구를 하며 새삼 알게 되는 것은 농구 하는 여자는 어디에나 있다는 것이다. 당연한 말을 굳이 이렇게 강조하는 이유는, 모두가 알지만 그럼에도 종종, 자연스럽게 없는 취급을 하기 때문이다. '농구 하는 여자'가 새삼스러운 것이 되지 않게 하기 위해서, 이들 '농구 하는 여자'들은 '농구 하는 남자'를 기준으로 정체성을 증명해야 하는 압박에 시달린다. 물론 각자가 겪는 압박의 강도에는 차이가 있다. 그것은 누구와 함께 있는가, 어떤 공간에 속해 있는가, 어떠한 경험을 자신의 타임라인 안에 주요하게 배치하고 기억하는가에 따라 달라진다. 그러므로 나처럼 끊임없이 저항을 느끼는 이가 있는가 하면, 어떤 이들은 압박에 익숙해지고 그것을 스스로 내면화하기도 한다.

다른 농구 하는 여자들은 #농구하는여자 에 대해 어떻게 느낄까. 이런 의문을 품고, 어느 날 농구 팀 동료 두 사람과 여성으로서 농구 하는 것에 대한 대화를 나누었다. (두 사람 모두 선수 출신이고 나보다 농구 경력이 오래되었다는 의미에서 '조상'과 '고인물' 이라는 별칭으로 표기했다.)

나: 나를 소개하거나 설명할 때 '농구 하는 나'라는 정체성이 강하게 작동할 것 같은데, 자신의 경력을 어떻게 설명하나요. 그리고 반응은 어떤가요?

조상(이하 '조'): 그냥 선수 출신이라고 얘기해요. 반응은 거의 신기해하는 편이에요.

고인물(이하 '고'): 저는 설명을 해본 적이 없어요. 왜냐하면 저를 딱 보면 "뭐 하시나봐요"라고 물어봐요(웃음). 저는 키가 크고 그러니까 농구 아니면 배구 하냐고 물어봐요. 아 킥복싱 하냐는 말도 들어봤어요.

조: 저는 운동하냐는 말은 많이 안 들어봤어요. 얘(고)랑 같이 다니면 물어보는데 혼자 다니면 안 그래요. 오히려 어릴 때 선수 생활할 때는 머리가 짧아서 물어봤는데

성인 된 후에는 안 물어봐요. 그리고 농구 한다고 하면 그냥 신기해해요.

나: 신기해한다고요? 그런 말 듣기 싫지 않아요?

조, 고: 아니요. 별로 상관없어요.

조: 그것보다 역도부냐고 유도부냐고 물어본 적도 있는데 그게 더 짜증나요(웃음). 그리고 농구를 가르쳐달라는 반응도 많아요. 그럼 ASAP팀으로 오라고 하거나, 언제 한번 날 잡아서 체육관 올라가시죠, 라고 해요.

나: 다른 질문으로 넘어갈게요. 두 분 인스타그램에 사진 올릴 때 '#농구하는여자' 자주 쓰시잖아요. 저는 자신을 농구하는 '여자'로 설명하는 것이 불필요하다는 생각이 들어요. 사실 그 해시태그를 볼 때마다 좀처럼 참을 수 없는 저항감이 들어요.

조: 물론 여자라는 말을 빼고 농구하는 '나'로 설명할 수 있지만 해시태그를 통해서 사람들이 들어왔으면 해서요. 농구를 하고 싶은 사람들이나 농구 하는 여자들이 있는지 궁금한 사람들이 '농구 하는 여자'라는 키워드로 찾아볼 것 같아요.

고: 저도 처음에 ASAP팀에 들어왔을 때 엄청 신기하고 놀랐어요. 이렇게 많은 여자들이 이렇게 농구를 잘하는 것이 신기했어요. 제가 살던 광주에는 남자 농구 동호회밖에 없는데 서울 오니까 여자들이 농구를 하고 있는 거예요. 농구를 전문적으로 배운 적이 없는 일반인들이 농구를 하니까 신기하고 이런 사람들이 얼마나 많은지 궁금해서 해시태그를 달아요.

나: 초등학생 때부터 여자들이랑 농구 하셨잖아요. 여자들이 농구 하는 것이 신기하다고요? 저는 안 신기하거든요. 반갑긴 해도요. 농구 경력이 (인터뷰 당시) 겨우 5년밖에 안 된 저보다 훨씬 더 많고 다양한 농구맨들을 만났을 텐데 그런 반응이 놀라워요.

조: 저는 농구를 배웠으니까 하고 있지만 안 배웠으면 못할 것 같아요.

고: 사람마다 다르겠죠 뭐. 최근에는 제가 가르치는 학교의 학부모가 전화해 <슬램덩크>의 송태섭 같은 가드가 되려면 어떻게 하냐고 물어보기도 했어요.

나: 농구를 하면서 스스로가 여성임을 인식한 적이 있나요?

조: 중학교 때 남자애들이랑 농구를 했는데 수비를 붙을 때 자꾸 가슴 쪽을 만지는 거예요. 일부로 그런 건지 아닌지 모르겠지만 몸싸움을 제대로 못하겠더라고요. 그래서 코치한테 가서 말했어요. 여자들끼리 하면 몸싸움할 때 전혀 그런 불편함이 없는데 남자들이랑 하면 그래요.

고: 나는 신체 접촉은 없었는데, 잘하는 남자애들이랑 게임 뛰면 내가 패스랑 달리기가 느리고 점프가 안 되니까 운동신경 자체가 다르구나 차이가 느껴질 때가 있어요. 남자애들이랑 부딪치면 내가 나가떨어질 때도 있고.

나와 가까운 사람들 중에 가장 농구를 잘하는 두 명이 자신을 스포츠의 타자로 호명하고, 농구 하는 여성들이 많고 다양하다는 데 의아해하며 남성/여성의 경계를 엄격하게 긋는 것은 왜일까. 운동하는 여성이 오히려 스스로를 신체적 한계에 가두어놓고, 남성보다 약한 "여성"이라는 부정적 의미로 고정시킨 채 좌절한다는 것은 놀랍고도 속상한 일이다.

　이러한 한계에 대해 토로하다가 다다르는, 여성의 신체

능력이 남성보다 부족하다는 결론은 "성적인 차이를 물질화"◆한다. 반복적으로 기대되고 상상되는 약한 여성의 신체는 매우 자연스럽게, 즉 자연적인 물질로 고정되어 버린다. #농구하는여자 해시태그가 달린 단체 사진 속에 웃고 있는 나를 발견하는 순간, 느꼈던 저항감과 불쾌감은 아마도 나의 능력치와 상관없이 약한 물질, 약한 신체가 되어버린 기분 때문이었을 것이다.

누가 뭐래도 우리 팀 선수들의 농구 실력에 나는 언제나 감탄한다. 남자를 기준으로 둔 판단도, 남성과 분리된 여성만의 유토피아에 갇힌 상상도 아니다. 내가 아는 농구 하는 여자들은 스포츠의 세계에서 성차는 성차일 뿐, 실력 차이가 아님을 몸으로 말한다. 나는 농구를 잘하는 여자들, 언제나 농구를 잘해온 여자들을 '남자만큼', '남자보다'가 아닌 더 다양한 언어로 소개하고 싶다. 아, 여자한테 진짜 좋은데 설명을 못 하면, 답답하고 억울하니까.

◆ 버틀러는 젠더 수행성과 섹스의 물질화를 동시적인 것으로 설명한다. 젠더가 규범의 반복을 통해 수행된다면, 규범은 성적 차이가 물질적인 증표에 의한 것처럼 여겨지게 한다는 것이다. 그렇다면 여성 신체 형상화는 버틀러도 불화하고, 나도 싫어하고, 동년배 여자들도 좀처럼 애정을 느끼지 못하는 비체abject의 형태, 어쩌면 계집애의 모습으로 온다. 주디스 버틀러, 『의미를 체현하는 육체』, 김윤상 옮김 (인간사랑, 2003), 23~24쪽.

나는 농구를 잘하는 여자들,
언제나 농구를 잘해온 여자들을

'남자만큼', '남자보다'가 아닌

더 다양한 언어로 소개하고 싶다.

아, 여자한테 진짜 좋은데
설명을 못 하면, 답답하고 억울하니까.

익숙한 차별을
각오하지 않고서야

영국의 여성 운동 캠페인 기관인 'Women in Sport'가 영국 내 스포츠 산업 종사자를 대상으로 한 2018년 연구 결과에 따르면 여성 중 40%가 성별로 인한 차별을 겪었다고 밝혔다. 반면 남성 중 성별로 인한 불평등이 없다고 대답한 비율은 72%에 달했다.◆

　같은 스포츠 산업 종사자들이 성별에 따라 다른 경험을 하고 있다는 것을 밝히고 있는 연구이지만, 정작 내가 주목

◆　"Report Finds 40% of Women Face Discrimination in Sport Jobs", *The Guardian*, 2018.6.20.

했던 것은 성별로 인한 차별을 겪었다고 대답한 여성의 비율이었다. 왜 겨우 40%일까?

성별에 따른 임금 격차, 고위직 진출 기회 부족, 불공정한 인프라, 남성보다 신체적으로 약하다는 압박 등 다양한 차별들이 뚜렷하게 존재하는 것이 이미 증명되었다는 점에 비추어보면 너무 비현실적인 숫자가 아닌가. 나는 고민에 빠졌다. 차별을 경험했다는 여성 40%와 불평등을 느끼지 못한다는 남성 72%라는 숫자는 무엇을 설명하고 있는 것일까. 그렇다면 40% 바깥의 여성은 남성 72%와 마찬가지로 불평등 자체를 느끼지 못하거나, 불평등을 "직접" 경험한 적은 없다는 것인가.

이 응답자들이 상정한 불평등이란 도대체 무엇인가.

누군가가 기울어진 운동장을 평평한 것으로 인식해왔다면, 불평등이 아무리 실재하더라도 이를 온전히 경험하기는 어려운 일이다. 디지털 성범죄나 데이트 폭력 또는 가정 폭력 피해자들이 가해자에게 해를 입혔을 때 정당방위로 쉽사리 인정되지 않는 것도 그 때문이다. 반대로 지나가는 여성을 화가 나서 죽였다는 남성들에게, 초범이 아님에도 불구하고 '우발적 범행'이라고 인정한 사례가 넘쳐나는 것을 보면, 판결을 내리는 사법부가 기울어진 운동장의 어느 쪽에 무게를 더욱 가하고 있는지 알 수 있다.

그렇다. 한국에서는 오랫동안 가정 폭력에 시달리던 피해자 여성이 남편을 살해한 경우 정당방위로 인정받은 사례가 단 한 건도 없다.◆ 이 충격적인 사실은 여성이 일상 속에서 마주하는 폭력과 차별을 법이 앞장서서 인정하기를 거부하고 있다는 것을 말해준다.

불평등이 당연한 일상이 되었을 때, 즉 불평등한 블록으로 쌓아올린 기반 위에서 평등을 주장하면 그것은 종종 역차별이라는 말로 부정되기도 한다. 주요 포털 사이트에서 여성 전용 주차장, 임산부 배려석, 여학생 휴게실 등 여성을 위한 정책을 검색하면 '역차별'이라는 단어가 자동 완성된다. (그 덕분에 현재 여성가족부는 역차별의 대명사가 되어버렸다.) 하지만 정말 '역차별'이 성립되려면, 차별이 우리의 일상 속에 조용히 숨 쉬고 있다는 것을 우선 인정해야 한다. 말 그대로 역전이

◆ 진혜민, 「37년 매 맞다 남편 죽인 아내, '정당방위' 아니라는 법원… 왜?」, 『여성신문』, 2020.6.27.

되려면, 차별이 있어야 역차별도 가능하기 때문이다.

여학생 휴게실이 만들어진 이유가 여성들이 공공장소에서 위험에 쉽게 노출되기 때문이라면, 여학생 휴게실이 역차별이 되기 위해서는 먼저 여성들이 길거리에서 죽거나 다치지 않아야 한다. 역차별을 주장하고 싶다면, 우선 여성을 향한 범죄와 사회문제들을 해결할 수 있도록 목소리를 내는 것이 가장 빠른 지름길이다. 하지만 그렇지 못한 상태에서 역차별 주장하기는 배제에 눈 감기, 또는 오히려 차별이 존재한다는 것을 강조하기가 된다. 그럼에도 역차별이라는 말이 공공연하게 사용되는 현상은 여전히 불평등한 일상을 흔들리지 않는 편안함으로 유지하고 있는 모종의 '공동체'가 존재함을 드러낸다.

우리 사회의 뿌리 깊은 성차별과 여성 혐오는 어떤 증명을 해내야 하는 일이 아니다. 앞에서 언급한 연구에서 겨우 40%의 여성만이 차별을 경험했다고 고백한 사실은 여성을 향해 새파랗게 눈뜨고 있는 차별과 폭력의 시선을 마주하는 것이 오히려 그들에게 불리하게 작동하고 있다는 방증인지 모른다.

2019년 한국 스포츠계 내부의 뿌리 깊은 성폭력에 대한 고발이 터져 나왔을 때도 오랫동안 여성이 스스로 피해자라고 고백할 수 없게 만들어온 스포츠계의 구조에 대해 생각했다. 아주 어릴 때부터 엘리트 코스를 밟으며 한 종목의 선수가 되고 태극마크를 달기 위해 노력하는 과정 속에서 성차별은 당연한 것이 된다. 40%의 여성만이 여성이 시스템의 피해자임을 인지하고, 나머지 응답자들은 그것조차 발화하지 못한 것은 가해와 피해의 구분이 어려울 정도로 유착되어 있는 구조를 다시 한번 말해주는 것이다.

그 구조는 일상적으로 여성의 행동 반경을 제한하는 방식으로 재생산, 반복되어왔다. 집 안에 가두어놓기 위해서 작은 신발을 신게 하는 전족의 풍습은 이런 방식의 극단적 사례다. 거기까지 갈 필요도 없다. 질근육(aka 처녀막)이 늘어날까봐 자전거를 못 타게 하거나 엄격한 통금 시간을 부여하는 부모 밑에서 컸을 수도 있다. 참 다양하고 참 대단한 이유들이 따라 붙었지만 실은 고작 순결성을 유지하려는 관습들이었다. 문학 작품 속 지겨운 '여성=집, 대지, 고향' 은유의 허구를 얼마나 더 드러내야 할까.

당연히 여성에게 운동은 장려되지 않았다. 진화생물학

이 오랫동안 주장해온 바에 따르면 여성의 역할은 사냥꾼이 아니고, 뛰어난 신체 능력을 가지고 싶다는 열망 자체를 품을 이유가 없다. 그런 여성이 골대에 골을 넣는다는 것은 성역할과 사회질서를 어지럽게 만드는 위협이 된다. 그러므로 많은 문화권에서 밖에 나가 운동을 하는 여성은 '상품' 가치가 떨어지고, 스포츠를 즐기는 여성은 마땅히 지켜야 하는 것을 지키지 못하는 위기에 스스로를 내모는 것으로 치부되어왔다. 지금 고도화된 사회의 다양한 사회적 장치는 여성의 신체에 대한 규제가 없는 것처럼 여기게 한다. 마치 이제는 평등한 사회에 살고 있는 것처럼, 인간을 불평등하게 만드는 유일한 것은 자본인 것처럼 에두르고 있지만, 결국 여성에게 운동을 장려하지 않는 것은 여전하다.

짧은 생활 농구 경력을 통해 내가 만난, 이미 뛰어난 신체 능력을 가졌고 엘리트 농구 코스를 밟아온 선수가 나보다 더 깊이 억압을 내면화한 것은 이런 구조적 차별에 더 오래, 자주 노출되었기 때문은 아닐까. 결국 지금의 스포츠 산업과 환경에서 여전히 여성은 운동하는 내가 되지 못하고, 사람들이 나를 어떻게 평가할지에 대한 의식에 발목 잡히기 쉽다. 그러니까 트로피로 존재해야 하는 여성이 뛰쳐나와 트로피를 획득하면 다들 아주 곤란해하는 것이다.

아마추어 여자 농구판에는 나처럼 특별한 이유 없이 농구를 하는 사람부터 엘리트 농구를 계속해왔던 사람까지 다양한 사람이 있다. 직업도 다 다르다. 학생, 직장인, 알바생, 자영업자, 무직자, 구직자, 주부, 심지어 축구 선수까지 단지 농구를 좋아한다는 이유로 모여 있다. 언뜻 보기에 이곳은 각자 다른 배경과 경험, 조건들을 가진 사람들이 모여 공놀이를 하는 평화롭고 평범한 곳이다.

그러나 나는 이곳에서 설명하기 어려운 불편함들을 느꼈다. 그리고 그 불편함은 여성이 스스로 피해자이자 가해자가 되는 스포츠계의 구조에 대해 느끼는 감정이기도 하다. 나이에 따라서 정해지는 호칭과 권력 구조, 할 말이 없지만 집에 가지 않고 술을 많이 마시는 것, 고기를 많이 먹는 것, 팔씨름을 아무 데서나 하는 것(힘자랑을 자주 함), 힘이 약하면 (여기 지금 여자밖에 없는데) 여자 "같다고" 놀리는 것, 머리가 짧으면 남자라고 놀리는 것, 여자가 어쩌고 남자가 저쩌고를 자주 말하며 역할을 강요하는 것 등.

어떤 불편함을 느낄 때마다 킬조이kill-joy로서 자신을 입증하는 것에 한계를 느끼면서도 나는 동시에 계속 문제의식

을 던지는 역할을 자처하고 있다. 뒤풀이에 가서 술을 궤櫃로 마시지 않으면 너랑 이제 놀지 않겠다고 애정 넘치는 으름장을 놓는 사람에게 "언니, 너무 한남 같아요"라고 웃으면서 말하는 것 말고도, 재미없는 말에 웃지 않거나 굳이 정색하거나 화낸다. 나 같은 애가 팀에 들어왔으니 어쩔 수 없이 우리는 체대 꼰대가 얼마나 촌스러운 것인지 알아간다. 무심한 행동과 말들에 사실 너와 내가 모두 상처를 주고받고 있었던 것을 눈치채고, 눈치 보게 한다. 솔직히 잘 안 되지만, 그래도 우리는 어떤 것이 공동체를 살아남게 하는지, 건강하게 지속시키는지 함께 방법을 찾아나가는 중이다.

Part2

온전히
나로서
승리하고
패배하기

1

가슴의 무/쓸모

언제부터 스스로 브라를 찾아 입기 시작했는지 정확히 기억한다.

초등학교 6학년 때까지 노브라로 등교하는 나에게 아침마다 엄마는 아동용 스포츠 브라를 현관까지 들고 나와 흔들었다. 학교 가는 것은 좋았지만 등교 시간은 지긋지긋했다. 겨울에는 그나마 방한용으로 괜찮았지만 쉬는 시간 틈틈이 운동장을 뛰어다니던 여름에 몸에 무언가를 하나 더 걸치는 것이 아주 싫었다. 어쩌다 브라를 입고 나오는 날이면 엘리베이터를 타자마자 몸을 티셔츠 안으로 꼬깃꼬깃 접어 1층까지 내려가는 동안 후딱 벗어 가방에 넣었다. 나는 복도와 운동장을 뛰어다니는 정신없는 초딩이었기 때문에 스포츠 브라를 입으면 왠지 머리가 잘린 삼손이 된 듯 힘이 빠졌다.

하루는 점심 시간 축구 경기 중에 공을 두고 몸싸움을 하다가 넘어졌다. 나는 짜증이 났지만 스포츠 정신으로 성질을 죽이고 일어나 상대방의 등을 툭툭 두드려줬다. 상대방도 내 등을 쳤는데, 조용히 뒤돌아가다 말고 한마디 던지는 것이었다. "너는 왜 아무것도 안 입었어?" 브라가 걸려야 하는 손끝에 밋밋한 티셔츠만 스쳤던 것이 의아했는지 쏘아붙이고 가던 애의 뒷모습을 쳐다보다 기분이 나빠졌지만 내가 할 수 있는 일은 더 열심히 뛰는 것뿐이었다.

신체 변화가 시작된 열세 살에게 스포츠 브라는 스스로 여자아이라는 것을 깨닫게 해주는 표식이었지만 그것을 적극적으로 거부하던 나는 여자아이라는 사실을 알고 싶지 않았던 것이 아니라 그저 불편해서였다. 아마존 여전사들이 활을 쏠 때 걸리적거리는 한쪽 가슴을 잘라낸 것처럼 내가 잘라내고 싶은 것은 가슴이 아니라 내 신체의 탈부착 가능한 일부로 강요받던 스포츠 브라였다.

여자아이들을 신체 활동에서 점점 배제하는 기운은 나를 제한된 시공간으로 밀어 넣었다. 쉬는 시간 운동장에서뿐만 아니라 주말 특별 활동을 선택할 때도 그랬다. 영화 보기나 케이크 데코레이션 같은 여성화된 활동이 아닌 각종 계절 스포츠나 단원 활동을 선택하면 친구들과 떨어져 혼자 주말을 보내야 했다.

　　우주정보소년단이었던 나는 브라를 입고 가는 날에는 입었다고 놀림을 받고, 브라를 입지 않고 간 날에는 안 입었다고 놀림받는 상황을 반복적으로 마주했다. 가슴은 시선이 고정된 자리가 되었고 인생 최초로 감시받는 신체의 기관으로 등극하는 바람에 가려줘야 하고 소중히 챙겨줘야 했다. 귀찮았다. 생리 때문에 자궁을 떼어버리고 싶은 것처럼 마찬가지로 브라 때문에 가슴을 잘라버리고 싶었다. 잘라내야 하는 것은 가슴이 아니라 브라였는데, 화합할 수 없는 시선들이 고정된 장소로서의 가슴은 내 몸이었지만 빼앗긴 내 몸이었고, 빼앗겼지만 절대 사라지지는 않는 무쓸모가 되어 있었다! (하지만 쓸모없는 것이 가슴뿐인가? 정답은 '아니요.')

　　나의 움직임들을 훼방하는 가슴은 무/쓸모를 해명하라

는 요구에 답을 할 수 없다. 이 수많은 훼방은 가슴이 놓는 훼방이냐, 가슴을 향한 시선들이 만들어내는 질문의 훼방이냐. 나는 어떻게 해방될 수 있을까. 매복 사랑니나 안구를 찌르는 속눈썹이나 맹장과 다르게 쓸모를 찾아야만 존재의 의미를 획득할 수 있는 가슴은 "이렇게 귀찮은 것이 쓸모까지 없다"는 탄식을 불러온다.

여자의 가슴은 과대평가되어 있다. 가슴은 그냥 가슴인데, 감당 못 할 만큼 너무 많은 가치들이 붙어난 것이다. 이미 시선의 대상으로서 존재하기에 나조차도 있는 그대로의 내 몸을 볼 수 없다. 나는 외부의 시선과 강요가 없었을 때도 나의 가슴과 이렇게 불화했을 것인가, 묻지 않을 수 없다.

나이키를 포함한 스포츠웨어 브랜드들은 앞다투어 '걸파워 마케팅'을 시전해왔다. 나도 어릴 때부터 내 몸을 긍정하고 그 가능성을 믿는다는 메시지인 'Love Yourself', 'Just Do It', 'Write the Future' 같은 문구가 새겨진 브랜드 티셔츠를 자주 입었고 지금도 여전히 레터링 티셔츠를 좋아한다. 나의 몸을 긍정하기만 하면 미래에는 새로운 몸과 정체성을

가질 수 있다는 마법의 언어가 상술이라는 것을 알면서도 정신 못 차리고 빠져드는 건 참 웃긴 일이다.

자기 몸을 긍정하라는 둥, 자신감을 가지라는 둥 하지만 정작 업계 내부의 역사는 여성 공장 노동자에 대한 임금 차별, 임신한 여성 선수들의 스폰서십 배제 등으로 얼룩져 있다는 점은 이미 많이 분석된 바 있다.

하지만 거기까지 갈 것도 없이, 일단 "러브 유어셀프" 하면 더 나은 몸을 백 퍼센트 보장해줄 것 같은, 이미지를 신체에 덧씌우는 스포츠 업계의 마케팅은 정작 신체에 대해서는 아무것도 말하지 않는다. 그러나 당연하게도 신체는 묻지도 따지지도 않고 주어진 이미지를 그대로 장착함으로써 구현되는 수동적인 것이 아니다.

내가 가슴을 싫어하는 데에는 여성의 가슴에 강박적으로 들러붙는 한없이 섹슈얼한 이미지도 매우 큰 역할을 하지만 그보다 더 중요한 이유는 내 가슴의 물질성이다. 뛸 때 불편하단 말이다! 각종 미디어에서 만들어내는 여성 신체의 섹슈얼한 이미지가 신체에 들러붙어버린 것이 여성 신체 억압의 주요 원인이고 그로부터 벗어나기 위해 (스포츠 브랜드가 권장하는 대로) 자신을 건강하게 사랑하는 이미지를 덧씌워야 한다면, 나는 그것만으로는 내가 가슴을 싫어하는 이유를 온전히 설명하지 못한다.

운동을 제약하는 신체, 답답한 스포츠 브라를 씌워야 하는 기관, 그래서 운동에 적합하지 않다고 여겨지는 기관인 가슴과 나는 불화한다. 남자들이 아무 데서나 윗옷을 벗는 운동장을 뒤로 하고 탈의실을 찾아다녀야 할 때, 여름에 땀에 젖은 스포츠 브라를 벗다가 삐끗할 때, 그럼에도 스포츠 브라 없이는 운동할 수 없을 때, 이렇게 아껴주는데도 유용한 기능을 찾을 수 없을 때, 나는 나 자신을 누구보다 사랑하는데도 이 가슴은 싫다.

그래서 나는 오늘도 무엇을 입을 것인가 고민하다 어쩔 수 없이 스포츠 브라를 입고 머리 없는 니케 여신상의 불구적 아름다움을 떠올리며 고개를 절레절레 흔드는 것이다. 니케의 머리가 아니라 가슴이 떨어졌으면 좋았을 걸.

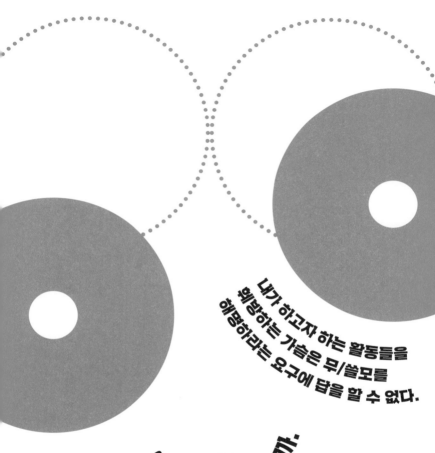

내가 하고자 하는 활동들을
획방하는 가슴은 무/쓸모를
앵망하라는 요구에 답을 할 수 없다.

이 수많은 훼방은
가슴이 놓는 훼방이냐,
가슴을 향한 질문의 훼방이냐.

나는 어떻게 해방될 수 있을까.

②

땡볕의 주체성을
획득하기

최근 운동과 운동하는 여성들에 대한 관심이 증가하면서 『여자는 체력』, 『운동하는 여자』, 『오늘은 운동하러 가야 하는데』, 『살 빼려고 운동하는 거 아닌데요』 등 운동의 중요성을 새삼스레 강조하는 책들이 출간되었다.

　　다른 한편에서는 주짓수나 합기도 같은 스포츠를 자기방어(수비)를 위한 운동으로 소개하며 여성들에게 스스로의 신체를 지키고 능동적으로 가꾸어가는 능력을 기르길 권유한다. 주짓수가 "남성을 제압할 수 있는 유일한 운동"이라는 문구를 보고 있으면, 아니 왜 유일하고, 왜 갑자기 제압해요, 라는 말이 절로 떠오르지만, 여성들이 어디에서나 공격받을 수 있는 상황들을 생각하면 숙연해지기도 한다.

이런 흐름 속에서 나에게 의미심장하게 보이는 것은 여성의 운동을 분리하고자 하는 욕망이다. 어떤 운동을 시작하길 결심하고 체육관에 가면 마초 남성 트레이너, 이 자세는 이게 아니라 이게 맞다며 승모근을 우쭐거리는 아마추어 남성들에게 둘러싸이는 일을 더 이상 겪지 않기 위해 여성들만의 운동장을 만드는 것이 안전한 공간에 놓이는 최선의 방식으로 여겨지는 것이다.

여성 개개인의 신체적 능력을 강화시키는 동시에 여성들만의 공간을 만들려는 것에는 (남성으로 상정된) 실재의 또는 잠재된 위협에 대한 경계가 있다.

그러나 이런 분리가 해결책일까? 농구를 하다 보면, 여자들끼리 쾌적하게 공놀이를 하고자 하는 환상이 깨지는 순간이 종종 있다. 예를 들면, 농구공을 들고 길거리 농구를 하러 나갈 때다.

선선한 저녁 시간에 농구 코트에 가면 꽤 많은 사람들이 나와 공을 던지고 있다. 한 골대에 여러 명이 공을 던지기 시작하고, 게임을 하기에 적당한 인원이 모이면 3on3 길거리 농구를 시작한다.

수비를 1대1로 하는 3on3 게임에서 나에게는 보통 딱 봐도 제일 약체(?)인 남자가 붙는다. 대부분 처음 만나는 사람들이라 상대의 실력을 알 수 없어, 시합 전 슈팅 연습 몇 분 동안 서로 실력을 가늠한다. 게임이 시작되고 여자를 어떻게 안 봐주냐는 식의 표정을 짓는 남자 앞에서 나는 간단한 잽 스텝과 페이크 동작만으로도 너무나 쉽게 포인트를 얻는다. 수비를 대충 하기 때문에 벌어지는 당연한 일이다. 나에게 찬스가 많이 난다는 것을 눈치챈 우리 팀 사람들은 분위기를 타고 나에게 공격권을 밀어준다. 덕분에 나는 에이스가 되고, 제일 약체로서 나를 수비한 사람은 자신의 팀원들에게서 "거 수비 좀 합시다" 하는 눈치를 받는다. 나의 성별을 잊지 않게 하려는 몸짓이자 자신의 성별을 잊지 않으려는 몸짓은 그렇게나 쉽게 패닉에 빠져버린다.

또 올해 마음먹고 등록한 헬스장에서는 어물쩍거리다 제 갈 길 못 가고 한마디 없는 남자를 만났다. 오랜만에 하는 근력 운동이라 평소에는 잘 들어올리던 무게가 무리였는지 광배근과 척추 기립근에 자극이 잘 안 가고 승모근의 개입이 계속 있었다. 내가 운동을 잘못하고 있는지는 내가 제일 잘 알았다. 하지만 그 남자는 어디에 힘을 줘야 하는지 왜 그래야 하는지 물어보지도 않은 말들을 늘어놓고, 승모근에 힘이 들어가면 아주 큰일이 날 듯이 호들갑을 떨었다. 안 그래도 집중이 어려운데, 자꾸 운동을 방해하는 바람에 나는 자세를 사부작 사부작 바로잡으며 "저 승모근 키우는데요?"라고 말해버렸다. 남자는 내시의 뒷걸음질로 빠르게 사라졌지만 그 뒤로 나는 그 시간대에 헬스장에 가는 것이 꺼려졌다.

　　이러한 경험은 정말 웃기지만, 매번 이런 남자들을 코트에서, 헬스장에서 만나는 건 너무 피곤한 일이다. 나는 기싸움말고 몸싸움하는 운동을 하고 싶은데, 결국 이 꼴 저 꼴 보기 싫은 운동장의 타자들은 대관료를 내고 실내 농구장을 빌리는 것, 비어 있는 시간대의 헬스장을 가는 것이 가장 마음 편한 일이 된다.

여성들이 여성들만의 운동 영역으로 스스로를 분리하려는 움직임은 불안을 일시적으로 해소하고 운동을 시작하는 여성들에게 진입 장벽을 낮춰주기 위한 것이겠지만 궁극적으로 일상 그리고 공공장소에서 여성이 자유롭게 움직이고 소리낼 수 있는 공간을 확보하는 데에는 큰 도움이 되지 않는다.

나는 여성들에게 운동을 권유하는 흐름, 운동을 위한 여성들만의 공간 공급과 수요의 증가가 강남역 살인사건의 맥락과 떨어져 있지 않다고 생각한다. 지금까지의 짧다면 짧고, 길다면 긴 시간 동안 한국의 동시대 페미니스트들은 수많은 사건들에 반응하고 가치 있는 움직임을 추동해왔다. 하나의 사건 또는 의제 안에서 뒤엉키는 사회적 맥락과, 여러 차별 요소들과 마주하면서 일어나는 정동들은 신체의 반응을 불러왔다. 스스로 방어할 수 있는 신체 능력을 위한 운동에 대한 요구는 교양 쌓기가 아니라 생존을 위한 몸짓이자, 안전한 공간에 대한 요청이다.

이러한 맥락 안에서 운동 또는 운동하는 여성의 신체에 쏟아지는 관심은 신체에 남아 있는 선명한 억압의 기억과 감각에서 벗어나기 위한 하나의 움직임이다. 발화하고, 공유하고, 분노하고, 결집하고, 흩어지고, 이어가며, 경험하는 정동적 순간들을 몸으로 공유함으로써 강요된 공포와 불안을 종식시키려는 시도가 아닐까.

여성의 기초 체력과 건강을 위한 일상적인 운동들은, 사회적 관심 및 발화와 만나 저항의 문화를 만들어낸다. 그 와중에 대두한, 안전을 위한 장소의 정치는 내부의 공포와 불안으로부터 시작되기는 했지만, 언제까지나 안으로, 또 다른 가장자리로 숨어들 수는 없다. 여성들을 가장자리로 몰아낸 물리적 부딪침들이 결코 여성들을 수동적으로 만들지는 못한다. 여성의 신체는 외부에서 쏟아지는 억압을 그대로 부여받는 하얀 도화지 같은 것이 아니기 때문이다. 나는 여성적인 것들을 벗어버리려는 동시대 운동이 이루어낸 성과의 가치를 믿지만, 여성들의 몸이 그저 주어진 의미를 그대로 새겨내는 수동적인 것이라고 믿을 수는 없다. 여성들에게는 버티고 지속하는 힘이 있다. 그리고 부딪치고 생성하는 힘이 있다. 신체에 대한 재정의와 함께 더 넓은 시야가 필요한 시점이 아닐까.

자신의 한계를 뛰어넘기 위해서는 먼저 한계에 부딪쳐야 한다. 농구를 하며 턱까지 차오른 숨을 몰아쉴 때 생각한다. 더 뛸 수 있을까. 공수가 바뀌고 마음은 벌써 반대편 코트에 있지만 발이 떨어지지 않는 나의 한계. 한계는 인종, 국적, 신체적 특징에 따라 동등하지 않게 부여된다. 게다가 뿌리 깊은 남성 중심적 세계와 사고들은 여성의 신체를 억압하고 타자

화시켜왔다. 이런 억압의 기표로서의 여성의 신체를 가진 내가 '운동하는 나'이지 못하고 '운동하는 여성'임을 인식하는 것은 매 순간 어떤 패배의 고백이 되고 만다.

여성의 신체가 운동장의 그늘막에서 벗어나 땡볕의 주체성을 획득할 수 있기 위해 우리는 나와 여성, 몸과 스포츠, 장소들을 새로운 관점으로 상상해보아야 한다. 그것은 단순히 규칙의 변화를 통해 평등을 이루는 차원의 일이 아니다.

턱까지 차오른 숨을 몰아쉴 때 생각한다.

더 뛸 수 있을까.

자신의 한계를 뛰어넘기 위해서는
먼저 한계에 부딪쳐야 한다.

나는 온전히 나로서
승리하고 또 패배하고 싶다.

'죽인 자'들만
활보하는 거리에서

최근 공공장소에서 큰 소리로 노래 부르는 사람을 보고 살인자가 될 뻔했다는 트윗을 읽고 크게 웃었다. 그러나 동시에 길거리에서 노래 연습하는 수많은 남성들을 '운 좋게도' 무사히 지나쳐보낸 내 모습이 떠올라, 자칫 살인자가 되었을지도 모른다는 생각에 섬뜩한 기분이 들었다. (누군가에게 위협을 가하는 제스처를 제대로 취해본 적은 없지만… 아닌가? 어쨌든…)

대부분 그들은 노래를 잘 못 불러서, 소리 발산 행위의 의도를 타인이 이해하기 어렵다. 그 때문에, 그 소리를 듣는 것은 고통스럽고 동시에 위협적이다. 그럼에도 불구하고, 타인의 분노를 일으켜도 실제로 죽임을 당하거나 적어도 신체적 위협을 받지는 않을 것이란 확신 없이는 부를 수 없는 노래들이다. 게다가 장르는 대체로 K-발라드여서 나에게는 멜로디부터 가사까지 하나도 빠짐없이 구구절절 고통스럽게 다가온다.

흥얼거림이나 포효하기로 공적 공간을 차지하는 것은 길거리를 사적 공간처럼 여기는 사람만이 할 수 있는 행위라는 생각이 든다. 즉, 스스로 공적 공간을 자신의 것으로 허용한 자만이 자연스럽게 할 수 있는 행위다. 그런 자의 위치가 가하는 폭력은 잠재적이 아니라 현재적이다. 그들의 행위는 여성의 안전을 최우선으로 하는 담론의 기반이 되는데 이 '안전 보장 담론'이 오히려 여성들을 공적 공간에서 수동적 기호로 존재하게 하기도 한다. 여성이 길거리에서 안전을 보장받길 요구해야 하는 현실이, 여성을 길거리에서 조심해야 하는 존재로 만드는 것이다.

돌이켜보자. 강남역 살인사건 이후 많은 여성들이 친애하는 가족들과 친구들에게 가장 많이 들었던 말은 "밤늦게 다니지 마", "조심해"였다. 이런 '배려'의 말에는 밤을 나돌아 다니지 않는 것이 여성이 피해자가 되지 않기 위한 최우선의 실천이라는 전제가 깔려 있다. 길거리 남성들의 K-발라드를 듣기 싫으면, 나돌아 다니지 않으면 되는 걸까? 차라

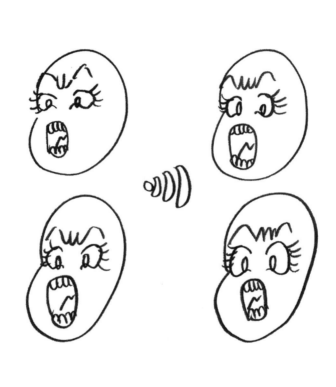

리 남성들이 코인 노래방에 가는 것이 어떤가. 오백 원에 두 곡이나 부를 수 있는데 말이다.

만약 흥얼거림에도 성별이 있다면, 공간에 영역 표시를 하는 자의 흥얼거림은 타자를 침해하는 위협이며, 언제나 튀어나올 수 있는 죽음의 공포에서 벗어나려는 자들의 흥얼거림은 심리적이고 물질적인 신체의 작용이다.

　예를 들어 여성이 공공장소에서 노래를 부르는 장면들을 떠올려보면, 배경은 보통 좁거나 어두운 곳이며, 노래는 위협에서 벗어나 위안을 얻는 자신만의 공간을 확보하려는 행위로 보인다. 영화나 드라마에서 희미한 가로등이 켜진 골목을 걷던 여성이 흥얼거리는 것은, 주변에서 인기척을 느끼고 공포를 떨쳐내려는 불안정한 순간이다. 그 흥얼거림, 혹은 위험에 빠졌다는 신호 뒤에 어떤 장면이 등장할지 우리는 잘 알고 있다. 이러한 이미지는 살인, 납치, 강간의 복선으로 너무나 익숙하다.

　특히 여성 살인사건의 '실화 바탕' 영화들이 여성에게 가해지는 공포의 이미지를 사용하는 것을 당연하게 여긴다

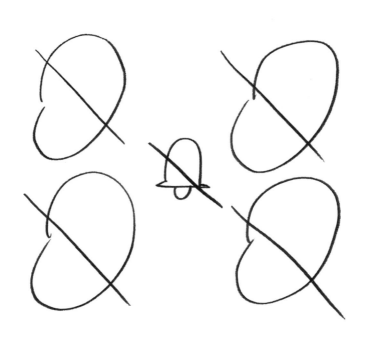

는 점은 끔찍하다. 이는 다시 말하면, 실제 사건들이 젠더화된 공포를 통과하여 상업화된 장르로 자리 잡았다는 뜻이다. 그 사건은 장면 구성이 잔인하면 잔인할수록, 관객의 상상력과 흥미를 자극하는 소재가 된다.

이런 영화들은 주로 우리가 발 딛고 사는 세상에 존재하는 끔찍한 사실을 알린다는 명분하에 경각심을 준다는 사명감으로 만들어지는데, 그 결과 사건 속 '죽은 자'는 망각되고 '죽인 자'만 남는 가해자 서사를 체계적으로 생산한다.◆ 그렇게 '죽인 자'들만 활보하는 길거리는 여성이 죽음을 피하기 위해 스스로 알아서 조심해야만 하는 공간이다.

여성이 죽임을 당하면 거리에서 내쫓기는 것은 또 다른 죽임을 당할 수 있다고 여겨지는 여성들이다. 위협이 지나간 현장들은 더 강력한 보안으로 숨겨지거나 위협에 노출되지 않는다고 여겨지는 자들만이 활보할 수 있는 공간으로 영토화

◆ 배은경, 「연쇄살인사건과 영화: 여성의 불안을 즐기는 사회」, 『사회와 역사』 88호 (한국사회사학회, 2010), 117쪽.

된다. 이는 안전 담론을 남성이 없는 공간, 여성만을 위한 공간 만들기로 귀결시키고 가해자와 피해자의 성별을 엄격하게 고정시키는 효과로 이어진다.

이에 대해 문제를 제기하는 것은 여성도 가해자가 될 수 있다는 무심한 반론을 하려는 것이 아니라, 이러한 구분이 공공장소에 대한 성별 간 장악력의 차이로 이어진다는 점을 지적하는 것이다. 즉, 일상의 거리를 점유하지 못하는 자들을 공통의 피해자로 만듦으로써 더욱 거리에서 몰아내고 위축시키며, 갈 곳 없게 한다는 것이다. 여성들이 운동장을 자신에게 언제나 주어진 것이 아니라 특정 조건하에 허락되는 것으로 여겨왔던 것처럼, 길거리를 포함한 도시와 공적 영역들을 온전히 공유하지 못하게 만드는 것이다.

심지어 한국성폭력상담소에서 발행한 『여성주의 자기방어훈련 매뉴얼』에는 '소리 훈련: 움츠리지 말고 소리쳐보자'라는 활동이 제시되어 있다. 공공장소에서 소리를 내지 않는 것에 익숙해진 여성들에게 자신의 감정을 즉각적으로 표현해도 괜찮다는 메시지를 전달하는 훈련이다. 위협을 느끼는 상황에서 소리는 자신의 물리적 공간을 확보할 수 있을 뿐 아니라 주변 사람들에게 자신이 위협받고 있음을 알리고 도움을 요청할 수 있는 매개이기 때문이다.

이런 상황에서 안전한 공간을 보장받기 위한 방법으로 한편에서는 남성의 출입을 엄격하게 제한한 여성들만의 공간 만들기 또는 흥얼거리는 입에 백마운트 초크를 걸어 실제로 죽일 수도 있는 위협을 공평하게 되돌려줄 수 있는 여성들의 신체적 능력 강화가 제시되곤 한다. 그런데 이게 다일까. 오염된 것은 공간만이 아니다.

"가해자는 감옥으로, 피해자는 일상으로"라는 구호를 떠올려본다. 우리가 공유하는 공간에서 일상을 보호받아야 할 피해자는 자꾸 숨겨진다. 안전한 공간은 일상에 있어야 한다.

④

코트의 가장자리에는
누가 있는가

혼자, <슬램덩크>를 교과서 삼아 드리블을 하고 슛을 넣는 데서 자족할 것이 아니라면 규칙을 익혀야 한다. 흔히들 스포츠는 공정한 운동장이라 말하지만, 공정의 표상이어야 할 규칙을 실행하다보면 느끼게 되는 의아함이 있다.

내가 크게 문제를 느끼는 부분은 아마추어 농구의 규칙에 대한 것들이다. 아마추어 농구 규칙은 전국농구연합회의 NABA 룰을 따르고 있는데, 대회는 물론 정기 모임을 가질 때도 이 규칙에 따라 경기를 진행한다. 규칙에서 문제가 되는 부분은 국적, 나이, 성별에 따라 어드밴티지 또는 페널티를 부여한다는 점인데, 이것이 약자를 위한 것인지 또는 다수의 우의를 위한 것인지 알 수가 없다. 문제의 규칙은 다음과 같다.

제3장 - 선수 자격, 교대 선수 그리고 코치들

제11조 - 선수 자격

한국에 거주하는 자로 생활체육인으로 하되, 다음 각 호 사항의 선수 자격이 부여된다. (단 외국인 선수 출전은 쿼터별 1명으로 제한한다.)

4. 전문 체육 선수 및 외국인 선수 포함 경기 중 코트에 플레이어(Players)는 2명까지로 제한한다.

제5장 - 득점과 계시

제26조 - 득점

11. 당해 연도 40세 이상 동호인 또는 여성 선수 득점시 프리드로우를 제외한 야투에 +1점을 가산한다.

*NABA 길거리 (3on3) 농구 경기 규칙

제5장 - 득점과 경기 시간

제17조 - 득점

일반 대회에 동일하게 적용하여 2점슛, 3점슛, 자유투 1구 1점으로 정한다. 남성부 출전 여성 및 40세 이상 선수의 득점은 +1점을 적용한다.

우선 국적에 대한 규칙을 보자. 한국 국적을 제외한 모든 국적의 "외국인"은 아마추어 경기에서 고등학교 또는 프로 선수 출신과 똑같은 페널티를 받게 된다. 즉, 협회에 등록되어 있는 선수 출신과 외국인은 아마추어 경기에서 쿼터당 (선수 5명 중) 1명만 출전할 수 있다는 것이다. 그래서 선수 출신과 외국 국적의 선수가 모두 있는 우리 팀에서 외국 국적의 선수는 출전 시간을 충분히 보장받지 못한다.

이것은 무엇을 뜻하는가. 한국 국적을 가진 또는 한국에서 나고 자란 사람들은 농구를 하기에 열등한 신체와 문화사회적 조건들을 절대적으로 가지고 있다는 것일까. 그래서 그것을 규칙을 통해 인정하는 걸까. 혹은 제3세계 식민지 조선인의 포스트콜로니얼리즘을 실천하는 삐뚤어진 방법 중 하나일까. 그렇다면 신체적 능력이 뛰어난 문화사회적 조건을 갖춘 제1세계가 아닌 국가들을 위해 대륙별로 다른 규칙을 만들어야 하는 건가. 그것이 아니라면 '우리'의 동일성을 지키고 싶어하는 민족주의적 욕망의 작용일까.

무엇을, 누구를 위한 것인지 알 수 없는 규칙은 성별에 상관없이 남녀 리그 모두에 적용되고 있다. 또한 한국인을 열등한 신체로 인식한 이러한 규칙들이 최근에는 프로까지 번졌다. 한국프로농구연맹KBL은 2018~2019년 시즌부터 외국인 선수 신장 제한을 시행했고, 이에 따라 키가 2m가 넘는 장신 선수는 국내 리그를 떠나게 됐다. 당시 신장 재측정을 받은 외국인 선수들 중 키가 2m 근처인 선수들의 경우 조금이라도 키를 줄이기 위해 양말을 벗었고, 이들이 무릎을 굽히지 못하게 KBL 직원이 고정하고 있는 웃기고도 슬픈 장면이 고스란히 노출됐다.

국내 선수를 위한 국내 프로 농구를 위해, 한국 국적을 가진 생활체육인을 위해 '외국인'에게 페널티를 적용하는 방식으로 국내 경기의 진입 문턱을 높이는 것은 과연 누구를, 무엇을 위한 것일까.

외국인에 대한 페널티 이외에도 만 40세 이상과 여성 선수에게 +1점을 부여하는 규칙도 문제적이다. 이 규칙은 여성 팀, 남성 팀, 혼성 팀 등 모든 팀에 적용되는데, 여성 팀, 남성 팀에서는 만 40세 이상의 경우에 +1점이 적용되고 혼성 팀에서는 만 40세 이상과 여성에게 +1점이 적용된다는 것이다. 또 여성 선수 출신이라는 '효과'는 만 40세 이상이 되면 사라져, 40대의 선수 출신은 아마추어 선수와 같은 조건으로 코트에서 뛰게 된다.

이 규칙의 전제는 이렇다. 만 40세 이상의 선수와 여성 선수의 몸은 농구를 하는 신체의 기본값에 미치지 못해 배려받아야 한다는 것. 40대가 되면 신체 능력이 급격하게 하락한다는 뜻일까. 이러한 규칙 덕분에 2018년에 서울시에서 주최한 S리그에서는 만 40세 이상의 선수 출신들이 팀을 이뤄 나와 20~30대 아마추어 선수들을 손쉽게 꺾고 우승 트로피를 가져갔다. 나와 친구들은 관중석에서 그 노련하고 완벽한 스텝을 보며 감탄을 금치 못했고, '클래스는 영원하다'는 말이 과연 누굴 위한 말인지 비로소 이해할 수 있었다.

40대에게, 여성에게, 외국인에게 어드밴티지와 페널티를 주는 코트에서, 어드밴티지와 페널티를 받지 못하는 신체의 기본값에 포함되는 조건은 만 40세 미만의 한국 국적 남성뿐이다. 기본값에 포섭되지 않아 분포도 바깥으로 밀려난 자들은 코트에서 주체의 자리를 차지하지 못하고 항상 타자의 자리에 머무르게 된다. 그렇게 되면 이런 아이러니가 생긴다. 어드밴티지를 가진 자는 경기에서 이겨도 어드밴티지를 통해 이긴 자가 되고 기본값인 만 40세 미만 남성은 경기에서 패배해도 어드밴티지가 없다면 이길 수 있는 가능성을 획득한다.

만 40세 미만 남성이 아닌 자들은 경기에서 이겨도 온전한 승리로 인정받지 못한다. 나아가 이러한 규칙은 강하다고 여겨지는 자가 약하다고 여겨지는 자에게 관용을 베푸는 것이 스포츠라고 오해할 여지를 준다. 관용은 가진 자의 언어이며, 약자는 그 배려받음을 통해 강자에게 베풀 수 있는 기회를 제공할 뿐 그 이상의 어떤 존재 의미도 획득하지 못한다.

이러한 규칙들은 누구를 위한 것인가. 성차와 나이를 약자의 조건으로 삼음으로써 유지되는 것은 결국 강(하다고 여겨지는)자의 자리다.

성차와 나이에 따른 신체적 조건의 차이가 생물학적으로 설명되고 뒷받침되려면 훈련된 신체들의 성차와 나이에 따른 격차가, 훈련된 신체와 훈련되지 않은 아마추어 신체의 격차보다 더 크게 벌어져야 한다. 하지만 그렇지 않다. 전문화된 환경에서 훈련받은 신체들 간 격차는 오히려 점점 좁혀지고 있다. 그러므로 나는 +1점의 어드밴티지가 필요 없으며, 성차와 나이에 따른 격차들을 어드밴티지 +1점으로 이해하고 싶지 않다.

나는 온전히 나로서 승리하고 싶고 또 패배하고 싶다. 모든 남성이 모든 여성보다 강하지 않은 것처럼 나는 모든 남성보다 강하거나 약하지 않다. 어드밴티지 또는 페널티를 주는 방식의 효과는 단지 리그에 '공정하게' 낄 수 있는 인원을 제한하는 데 그치지 않는다. 그것은 정상성을 규정한다. '한국인-남성-40대 미만-비장애인'이 아니라면 나는 코트 위에서 기본값이 아니라, 더하거나 뺀 값으로 존재할 수밖에 없다. 이것이 스포츠의 정정당당함인가. 오히려 그에 반하는 폭력과 배제의 작동 방식이 아닌가.

규칙은 경기의 방식을 반영하고 있을 뿐만 아니라 동시대가 스포츠를 소비하고 이해하는 방식을 보여준다. 예컨대 미디어의 방식에 따라 한때 2쿼터였던 농구 경기는 4쿼터가 되었다. 그래야 더 많은 광고를 송출할 수 있기 때문이다. 양궁의 경우 중계시 긴장감을 더하기 위해 토너먼트의 형식으로 점수 산출 규칙을 변경하기도 했다. 또 선수는 무조건 필드를 걸어서 이동해야 한다는 골프 규칙은 비장애인을 기본값으로 놓고 만들어졌다는 비판을 받아 변경되었다. 규칙은 선수들의 역량 향상을 위해 정정당당한 것이 무엇인지 반복적으로 물으며, 새로운 것의 출현과 변화에 따라 계속 갱신된다. 한국의 아마추어 농구 경기가 규칙을 앞장세워 주체들의 실력 차이를 섣부르게 판단하고 편견과 오해를 쌓아 올렸다는 것, 그리고 규칙이 '한국인-남성-40대 미만-비장애인'만을 코트에 남겨놓는다는 것을 깨달았다면 이제 규칙은 바꾸어야 한다.

선수의 자격,
코트의 규칙

전국농구연합회의 NABA 룰에 문제점을 느낀다면 아마추어 대회나 동호회 정기 모임에서 로컬룰을 적용하면 되는 것 아닌가. 우리 팀은 선수 출신과 외국 국적의 구성원이 많아서 대부분 이러한 규칙에 문제를 느끼고 있지만, 그럼에도 불구하고 규칙을 바꾸는 것은 역시 쉽지 않다.

농구 규칙 내 배려라는 명분의 정상 규범이 배제와 차별로 작동하고 있는 것은 아닌지에 대해 앞에서도 언급했던 두 명의 선수 출신 농구인 고인물, 조상과 이야기를 나누어 보았다.

나: 성별, 나이, 국적에 따른 아마추어 농구 규칙이 타당하다고 생각하나요?

조: 저는 어드밴티지를 주는 것이 맞다고 생각해요. 대부분 여자가 남자보다 힘이 약하니까. 사회적 인식이 그렇잖아요.

고: 농구만 기준으로 두는 것이 아니라 일반적으로 여성이 남성보다 체력이 약하고 달리기가 느리기 때문에 여성을 배려하는 것이기 때문에 괜찮아요. 또 다섯 명 중에 두 명 이상은 (어드밴티지를) 안 주잖아요. 딱 적당한 것 같아요.

나: 너무 스포츠 정신에 어긋나는 것 아닌가요? 규칙으로 여성이 남성보다 약하다고 정해놓은 거잖아요. 또 개인이 가진 조건들은 모두 사라지고 성별, 나이, 국적만 남는 거잖아요.

고: 어긋나지 않는 것 같아요. 가끔은 농구를 못하는 남자랑 해도 좀 밀릴 때가 있어요. 그리고 40대 5명이랑 20대 5명이 경기를 뛰면 저는 20대가 월등히 앞설 것이라고 생각해요. 아무리 40대가 잘해도 20대가 몸을 쓰면 나가떨어져요.

조: 맞아요. 젊음은 못 이겨요.

고: 프로 경기에서는 그렇게 나눠지면 안 되지만 아마추어에서는 괜찮아요. 또 여자 선출(선수 출신)들이 남자 경기 나가면 +1점 안 주는 경우도 있어요.

정기 모임, 훈련, 교류전 등을 포함하여 일주일에 한두 번, 많게는 서너 번 우리는 함께 농구를 한다. 아주 가끔 남자 팀과 교류전을 하거나, 게스트로 참여하는 것 이외에는 대부분 여자들끼리 운동을 하기 때문에 고인물과 조상 그리고 내가 +1점의 어드밴티지라는 호사를 누릴 기회는 그리 많지 않다. 외국인을 대상으로 한 페널티도 정식 대회가 아닌 이상, 적용하지 않는다. 만 40세 이상에게 +1점을 주는 규칙도 만 40세가 넘은 선수와 함께 뛸 때만 활성화된다. 20~30대 여자들끼리 있는 코트에서 우리는 배제하거나 배제당하지 않는다. 아마도 이런 점 때문에 동료 농구인들은 NABA의 규칙을 그다지 심각하게 여기지 않는 것 같다.

　하지만 가끔 있다고 해서 문제가 되지 않거나, 문제 제기를 미룰 일은 아니다. 최근 우리 팀의 선수 한 명은 만 40세를 넘겼는데, 정기 모임 게임을 할 때 우리는 모두 그와 같은 편이 되고 싶어한다. 3점 슛을 성공하면 4점이 되고, 3점 슛을 쏘다가 파울이 나면 최대 5점까지 얻을 수 있기 때문이다. 이를테면 '승리의 단축키' 같은 존재랄까. 그 바람에 그와 같은 편이 되면 좋고 그가 상대편이 되면 갑자기 규칙이 문제적으로 여겨지는 마법이 일어나는 것이다.

모순적인 것은 이뿐만이 아니다. 우리 팀은 '우리끼리' 있을 때 외국인 선수에 관한 페널티 규칙은 적용하지 않으면서, 40대 이상 선수에 관한 어드밴티지 규칙은 엄격하게 적용한다. 우리 팀의 여자들은 전형적인 동방예의지국 '유교걸'이라서 40대 언니에게는 어드밴티지로 예의를 지키는, 그런 걸까?

엄격해 보이는 규칙이 사실은 문제적이라면, 상황에 따라 적용하기 곤란하다면, 지키지 않으면 그만이다. 규칙은 그렇다.

구석진 골목에 금연 표시를 붙여놓아도, 어느새 담배꽁초가 하나 둘 떨어져 있고, 급기야 깡통이나 항아리 모양의 쓰레기통까지 슬쩍 놓으면 아무리 규칙이 그대로 자리를 지키고 있다 해도, 그 효용성은 사라져버리는 것처럼 말이다.

규칙이란 무엇인지, 생각할 때 떠올리는 사건이 있다. 내가 다닌 고등학교는 학생들을 전국구 단위로 모집해서, 편 가르기(데덴찌), 원카드와 같은 간단한 게임조차 각자가 알고 있는 규칙이 조금씩 달랐다. 나는 당연하게 '데덴찌'라고 소리 지르며 손바닥을 내밀었지만 그건 이 구역의 규칙이 아니었다. 동시에 '덴찌야 빠야', '엎어라 뒤쳐라', '앞쳐 뒤쳐' 등 다양한 억양과 음정들이 쏟아져 나오는 순간 우리는 모두 교실 바닥에 쓰러져 웃고 말았다. 서로 자기네가 맞다고 또는 낫다고 주장하는 통에 지역 감정이 격해지고 아무도 양보하지 않아 결국 우리는 읍읍,거리면서 손바닥을 뒤집는 비언어적인 새로운 규칙을 세웠다. 그러나 편가르기를 할 때마다 논쟁은 계속되었고, 규칙은 매번 즉각적으로 적용되었다. 이렇듯 규칙은 쉽게 바뀌고 세워질 수 있는 것이었다. 그렇지 않으면 우리는 손바닥을 뒤집을 수도, 편을 나누지도 못하기 때문에 자신의 규칙만을 주장하는 자는 고립되고, 게임 자체가 사라지게 될 것이었기 때문에.

이런 교훈을 농구 룰에 적용해보면, 20대 선수 출신인 고인물과 조상이 입을 모아 "젊음은 못 이겨요"라고 했지만, 앞서 언급한 것처럼 S리그에서 40대 선수 출신 여자들은 20대 여자들을 이겼다. 40대가 "젊음은 못 이기"지만, 프로는 젊음을 이기는 건가? 하지만 다양한 사람이 참여하는 게임에서 변수는 언제나 잠재해 있다. 만약 이 구역의 규칙이 일시적으로 '젊은 프로 > 늙은 프로 > 젊음 > 늙음'으로 정해졌다고 하더라도 이 역시 매번 전복되다가 결국 사라지고 말 것이다.

규칙은 모두에게 평등하지 않고, 평등한 규칙을 통한 평등한 게임은 불가능하다. 물론 규칙은 권리와 의무가 참여자 모두에게 동등한 것을 추구해야 하지만, 이는 적용되는 시공간에 따라 움직이고 변형된다. 예컨대 '만 40세 이하-한국 국적-남자'가 코트에서 가장 농구를 잘한다고 여기는 연속적이고 단순한 규칙은 더 이상 지속하기 힘겨워 보인다. 이 규칙은 여러 신체들이 놓인 복잡한 코트 위의 역학을 가둬버린다는 점에서 순진하다. '만 40세 이상, 외국 국적, 장애, 여성'의 출현은 착하고 순결하고 무고한 규칙에 그런 건 없다고 소리치며, 논쟁이 가능한 장을 열어젖힌다.

**이렇듯 규칙은 쉽게 바뀌고 세워질 수 있는 것이었다.
그렇지 않으면 우리는 손바닥을 뒤집을 수도,
편을 나누지도 못하기 때문에**

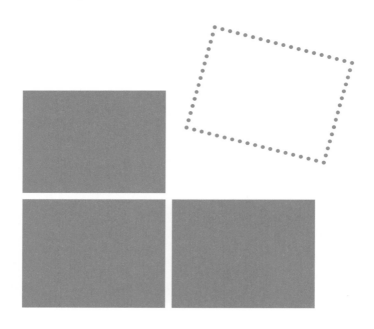

자신의 규칙만을
주장하는 자는 고립되고,
게임 자체가 사라지게
될 것이었기 때문에.

그렇다면 불공정하고 배제하는 규칙을 바로잡기 위해서, 또는 다시 쓰기 위해서 우리는 그냥 가만히 기다리면 되는 걸까? 나는 평화로운 농구 동호회에서 이것이 문제다 저것이 문제다 정말 문제다 문제, 지적질만 하고 새로운 법안을 통과시키기 위한 결정적인 실천과 노력을 하긴 한 걸까? 나에게 규칙의 문제가 중요해지는 시기는 전국 대회가 가장 많이 열리는 시즌인 6~8월이다. 그때만 되면 나는 조용히 문제를 제기하지만 기각될 것을 알기에, 차라리 동호회 회장 감투를 쓰는 게 가장 빠른 길 아닐까 생각하곤 한다.

그렇긴 하지만, 협회의 공식적인 규칙 변경까지는 당장 못 해도, 우리 동호회 내에서 로컬룰을 적용하는 시도는 중요하다. 서울에서 열리는 가장 대표적인 여성 아마추어 대회의 주최 동호회에서 NABA 룰 대신 로컬룰을 사용하는 것만으로도 공식적인 규칙의 문제들을 되돌아보게 할 수 있기 때문이다.

연합 규칙 변경 절차도 생각보다 까다롭지 않다. 규칙 개정에 적극적으로 개입할 수 있는 자리에 있지 않더라도 회원으로서 기존의 규칙에 대한 변경 요청을 제출하고 전체 회원 3분의 2 중 과반수의 동의를 얻으면 된다. 동의를 얻는 일은 그다지 어렵지 않아 보이는 것이, 보통 회칙 변경건과 관련해서는 특별한 사유가 없는 이상 대부분 동의 버튼을 누르기 때문이다. 그러나 현재 활동하고 있는 대다수의 여자 아마추어 농구 선수들이 지금의 규칙을 공정하다고 여기거나, 또는 규칙을 다시 쓰는 작업을 주요한 문제로 여기지 않는다면, 홀로 무언가를 해내고 싶지 않다. 그것은 불가능하고 동시에 모두가 기꺼이 지킬 수 없어 무의미하다.

　나는 안정적이고 평화로운 분위기에 때때로 균열을 내면서, 문제를 불러오는 신체들이 코트에 출현하고 공동체가 그것을 받아들일 준비가 될 때까지 공동체의 일원으로서, 언젠가 추동될 문제들이 놓일 자리를 마련하고 싶다.

⑥
승리 없이도
'즐농'할 수 있을까

지난해인 2019년 9월, 제2회 퀴어여성게임즈 3대3 농구 종목에 나가 우승을 했다. 2018년부터 개최된 퀴어여성게임즈는 종목에서 남/여 구분이 없고, 대회 취지에 동의하는 누구나 참여할 수 있다. 나는 매년 서울과 전국 단위 농구 대회 4~5개에 나가고 있는데 퀴어여성게임즈는 그렇고 그런 대회들과는 달랐다. 평등한 스포츠 문화 만들기에 앞장선다는 취지는 물론 농구, 배드민턴, 풋살, 계주 등 4개의 종목을 한 장소에서 동시에 아우른다는 점, 모두를 응원하고 박수 치는 다정한 분위기까지 여러모로 굉장히 새롭고 놀라웠다.

기존에 출전했던 농구 대회는 아무리 아마추어 대회라

고 해도 출전하는 모든 팀이 우승과 트로피를 원했다. 선수들은 잘하면 박수받지만 실력이 없으면 출전 시간을 보장받지 못하고 벤치를 지켜야 한다. 그렇기 때문에 훈련과 게임의 내용 등 일련의 과정도 중요하지만, 결국 결과가 좋아야 한다는 암묵적 분위기가 있었다.

나는 왜 대회에 나가고, 대회를 통해 얻고자 하는 것은 무엇인가. 그 이야기를 하기 위해 왜 지금의 농구팀에 들어갔는지부터 말해야 할 것 같다.

　　내가 속한 여성 농구 동호회 ASAP는 전국에서 가장 규모가 크다. 2020년 현재 연회비를 납부하는 정회원만 40명에 이른다. 한 팀으로 끌고 가기엔 인원이 너무 많아 내부는 두 개의 팀으로 나뉘어 있다. 'ASAP 스타일' 팀과 'ASAP 위너스' 팀이다. 각 팀에는 약 15명의 선수들과 1명의 선수 출신 코치가 있고, 훈련과 대회 출전을 자체적으로 진행한다. (이들 팀에 속하지 않고 정기 모임, 엠티 등 동호회 활동만을 원하는 회원들은 대회에 나갈 때만 일시적으로 '루키'라는 이름으로 팀을 꾸린다.)

　　나는 ASAP에 들어가고 1년 후, ASAP 스타일 팀을 선택했다. 왜냐하면 두 팀의 분위기가 너무 달랐고, 그중 ASAP 스타일은 다른 팀에 비해 우승에 집착하지 않고, 취미답게 즐거운 농구를 하자는 쪽이었기 때문이다. ASAP 위너스의 훈련에 대해서는 목에서 쇠맛을 느끼는 건 기본이고, 훈련 때마다 한 명은 꼭 토한다는 소문이 돌았다. 무슨 부귀영화를 누리려고 구역질까지 하며 농구를 해야 하나 싶었던 내게 선택지는 사실상 없던 것과 마찬가지였다.

나는 큰 고민 없이 일명 '즐농(즐거운 농구)'을 추구한다는 팀에 들어갔다. 그러나 얼마 지나지 않아 나는 '즐농'이라는 것이 매우 모순적이라는 것을 깨닫고 말았다. 왜냐하면 나에게 농구는 이겨야만 즐거운 것이었다. 이기면 즐겁지만, 지면 슬펐다. 경기를 지고 나니 즐겁기는커녕 코트 위 나의 실수들이 머릿속에서 계속 반복 재생되어 화가 나고, 심판 때문에 진 것 같아 억울하고, 더 잘할 수 있었는데 하는 후회만 몰려왔다. 나뿐만 아니라 "우리는 우승은 됐고 즐겁게 취미 농구하는 걸 추구해"라고 말했던 팀원들도 마찬가지였다. 누구는 울었고, 누구를 화를 냈고, 누구는 말이 없었다.

우리는 왜 이렇게까지 우승을 하려고 했던 걸까. 아마추어 대회에서 우승을 한대도 누가 군 면제를 받거나 연금을 받는 것도 아닌데 말이다. 게다가 상금을 받아도 겨우 회식한 번 하고, 트로피를 받으면 거기에 술을 콸콸 따라 마시며 동네를 시끄럽게 할 뿐이다. 하지만 그것조차 못 해서인지 그 누구도 패배를 기꺼워하지 않았다. 즐겁다며… 즐겁게 해준다며…? 우리 팀에 들어간 것을 후회하지는 않았지만 나는 약간의 배신감이 들었다.

하지만 우승 없는 '즐농'은 승부욕이 넘치는 무리에선 절대 불가능하다는 것, 그리고 나의 승부욕을 미리 눈치채지 못한 건 내 잘못이었다. 콘셉트를 지키지 못하는, 모순적인 모습을 스스로 견디는 데 우리는 생각보다 많은 시간을 썼다. 그것은 단순히 우리 팀이 추구하는 바를 변경하는 문제가 아니었다. 즐거운 농구는 승리뿐만 아니라 훌륭한 팀플레이의 과정과 결과라는 것을 깨닫고 난 뒤, 우리 팀은 농구에 더 많은 시간과 노력을 투자해야 했다.

우리는 우리 나름의 '즐농'을 하기 위해 훈련의 방식과 코치의 권위 등에 대해 고민하기 시작했고, 그 과정에서 팀원이 나가고 새롭게 들어오기를 반복하며 안정을 찾기까지 몇 년이 걸렸다. 그동안 우리는 서로의 손발을 맞췄고, 서로의 눈빛과 제스처를 이해할 수 있게 되었다.

결국 우리 팀은 암묵적으로 콘셉트를 약간 바꿔 '농구의 즐거움'에 단서를 달았다. 대회에서 3등은 해야 즐거웠다고

말할 수 있다고 말이다. 그럼에도 여전히 대회의 결과는 아쉽게 느껴진다. 대회는 언제나 아쉬움이 남는 공간이 되어버렸다. 과연 우승을 한다고 한들 우리가 완전히 만족할 수 있을까? 우승 팀조차 다음 대회 때는 자리를 빼앗길 수 있다는 압박감을 느끼고, 모두가 긴장한 채 격렬한 경기를 이어가는 대회란 어느새 누구도 즐거울 수 없는 공간이 되었는지도 모른다.

(다시 후기로 돌아와서) 그러나 퀴어여성게임즈에서는 실력에 상관없이 모두가 박수받았다. 못해도 괜찮고 잘하면 더 괜찮은, 이렇게 다정한 대회의 분위기가 매우 낯설었다. 몸을 움직이는 것만으로도 이렇게 박수받을 수 있다니? (나도 어느새 박수를 치고 있음) 처음에는 드리블도 제대로 못 하는 팀을 보고 당황했지만 분위기 파악을 하고 나니, 뛰어난 기량으로 많은 골을 넣어서 승리하는 것만이 진정한 스포츠라고 생각하던 것이 머쓱해졌다. 신체를 움직이고 빼앗긴 운동장을 되찾는 움직임들 속에서 스포츠의 성취감은 다른 방식으로 다가왔다.

　퀴어여성게임즈는 승리하는 것이 스포츠의 가장 중요

한 의미가 아니라는 것을 보여줬다. 적어도 나에게는 그랬다. 뛰어난 기량의 선수가 되어야만 한다는 것, 그러한 선수가 되지 못하면 벤치를 지켜야 한다는 것, 출전시간을 보장받지 못하고 운동장의 가장자리로 밀려나야 한다는 것, 그래서 훌륭한 결과와 우승자가 중요하게 여겨지는 것이 당연했던 스포츠의 성취감에 대해 다시 생각했다.

그 대회에서, 나는 모든 경기에서 우승했지만 우승자 타이틀과 작고 반짝이는 메달을 목에 걸었을 뿐 유일한 주인공은 아니었다. 이 새롭고 놀라운 대회의 경험은 스포츠에 대한 나의 상상력을 넓혀주었다. 스포츠가 얼마나 남성-국가 의미/경제 체계를 반복, 생산해왔는지, 퀴어-여성-스포츠의 자리와 새로운 의미 체계를 생성하는 과정은 얼마나 벅찬지에 대해 말이다. 실력에 상관없이 스포츠를 통해 신체를 움직이는 서로를 응원하고 맞은편의 상대를 향해 박수 치는 것으로부터 그 과정은 시작될 수 있다.

Part3

농구를
하면서
알게 된 것들

①

공정과 배제 사이

남아프리카공화국의 육상 선수 캐스터 세메냐 Caster Seme-nya는 '성별 논란'의 중심에 있다. 그가 2016년 리우 올림픽 800m 경기에서 2위와 무려 1초 이상 차이 나는 기록으로 금메달을 목에 건 이후, 국제육상경기연맹IAAF은 400m~1.6km 사이 여성 육상 경기에 출전하는 선수의 신체에 대한 규칙 하나를 추가로 도입했다. 바로 혈중 (남성 호르몬이라고 불리는) 테스토스테론을 5nmol/L 이하로 6개월 이상 유지해야 한다는 것, 즉 성발달장애DSD 규정이었다. 이 규칙에 걸린 것은 세메냐만이 아니었다. 은메달리스트인 부룬디의 프랜신 니욘사바Francine Niyonsaba와 동메달리스트 케냐의 마거릿 왐부Margaret Wambui도 마찬가지로 발목을 잡혔다. 800m 육상 종목 메달리스트 세 명 모두 출전을 제재당한 셈이 됐다. 이들은 테스토스테론 수치를 '인공적'으로 낮추지 않으면, 자신의 종목에 출전할 수 없다.

이 규칙은 무엇을 뜻하는가. 다시 말해, 호르몬 수치가 왜 '여성 선수'의 경계를 가르는 기준이 되는가, 테스토스테론 수치가 높으면 '여성'이 아니란 말인가?

스포츠중재재판소CAS가 차별적이며, 근거가 없다는 이유로 효력을 정지시켰는데도 IAAF는 이 규정을 지속시키고 있다. 그 때문에 아이러니한 상황이 벌어지고 있다. 스포츠 업계는 '자연스러움'과 '타고남'을 최고의 미덕으로 여기고 약물 투여를 최악의 불명예로 여기는데, 세메냐처럼 유능한 선수들에 대해서는 오히려 타고난 신체를 약물 투여로 조절하라고 강요하고 있는 것이다.

이 논란은 몇 개의 확고한 전제들로 구성되어 있다. 일단 스포츠는 공정을 지향한다는 믿음이다. 그 '공정'은 비슷한 조건의 신체들을 맞붙게 하는 것으로 뒷받침된다. 그리고 이 신체 조건을 분류하는 가장 확실한 기준은 성별이다, 또한 성별은 성호르몬 수치로 결정된다는 것이다.

이 전제에 따라 스포츠는 성별 분류를 기반으로 작동한다. 대부분의 프로 스포츠 경기에서 여성은 여성끼리 경기를 치르고 남성은 남성끼리 경기를 치르며 이때의 성별은 법적 구분에 따른다. 이 단순한 규칙 때문에 어떤 여성 선수들의 '자연적' 역량이 받아들여지지 못하는 모순이 생기고, 이는 IAAF가 약물 투여 등 '인공적' 방식을 지양한다는 스포츠의 기본 정신을 스스로 무너뜨리는 결정을 내리는 결과로까지 이어졌다.

원래 스포츠 영역에서 호르몬 조절은 엄격히 금지된다. 예를 들어 아나볼릭 스테로이드anabolic steroid와 같이 근력으로 경기력을 향상시킨다고 알려진 호르몬은 복용할 수 없다. 그것은, 스포츠가 선사할 수 있는 놀라움이란 '타고난' 신체적 능력과 특질을 '훈련'을 통해 최대로 끌어올려 인간의 한계를 뛰어넘는 데에서 비롯한다고 여겨지기 때문이다. 그런데 왜 뛰어난 역량을 지닌 여성 선수에게만은 다른 잣대가 적용되는가. 단지 성호르몬 수치 때문에?

성호르몬이 절대적인 지표가 될 수 있는가?

뇌과학, 내분비학, 생물학 등 의·과학자들이 인간의 신체에서 생성되는 50여 가지의 호르몬 중 유독 성호르몬에 관심을 품고, 이를 통해 남성성과 여성성을 증명할 수 있다고 믿었던 것은 1920년대의 일이다. 그리고 그것은 과거가 아니다. 지금도 여전히 사회는 여성이 운동 능력이 뛰어나면 남성 호르몬 수치가 높은 것은 아닌지, 남성이 타인의 일에 공감을 곧잘 하거나 눈물을 흘리면 여성 호르몬이 과다 분비된 것은 아닌지 의심한다.

하지만 성호르몬 연구 자체가 일종의 순환논법이다. 성호르몬 연구는 여성 또는 남성이 되는 것의 의미와 결정적 실마리를 제공하는 듯했지만, 그 기반에는 모든 남성은 본래 '남성적'이고, 모든 여성은 본래 '여성적'이라는 오래된 믿음이 있었다. 호르몬은 단지 이를 증명해내는 하나의 매개로 쓰였다. 그것은 그 선명함 때문에 뇌과학, 내분비학, 생물학 등 다양한 분야 의학자와 과학자들의 열광적인 지지를 받았다.

즉 성호르몬 연구에서 여성과 남성이 본질적으로 다르다는 가설 자체는 결코 도전받은 적이 없었기 때문에, 문제는 정해진 답을 어떤 방식으로 증명하는가, 였다.[*] 이러한 전제는 연구의 과정에 고스란히 적용되어, 유의미한 차이를 증명하지 못하는 정보들은 미리 차단되거나 삭제되었다. 성별로 그룹을 분리한 소규모의 실험들은 통계적 검증력을 가지기 어렵기 때문에, 실험에 따라 각기 다른 결과가 나올 수밖에 없었다. 하지만 남녀 간의 차이를 찾지 못한 연구는 실패한 연구가 되거나, 오히려 남녀의 차이가 없음을 밝히는 연구는 가치를 부여받지 못한 채, 있지만 없는 연구로 전락했다. 특히 고정관념을 강화하는 통계를 제시하는 연구가 학술지와 언론의 주목을 받았기 때문에, 연구자들은 특정 결과를 과대 해석하거나 유의미한 분포도와 표준편차에 의미를 두지 않기도 했다.

그 연구들이 일상 속속들이 침투해 있다. SNS에서 타임라인의 스크롤을 내리다 보면 '믿거나 말거나' 과학 연구들을

---

[*] 앤절라 사이니, 「애초에 태어나길 다르게 태어났다」, 『열등한 성』, 김수민 옮김 (현암사, 2019).

뉴스의 형태로 종종 접한다. 여성이 남성보다 주차를 못하는 이유를 테스토스테론 부족, 집게손가락의 길이 미발달, 여성의 가슴 구조라고 진지하게, 진심을 담아 말하는 연구들 말이다. 또 12~24개월 여아와 남아의 장난감 선호도에 대한 연구에서는 여아는 인형을, 남아는 자동차를 더 길게 응시했다는 결과를 제시해 우리의 편견이 사실이라며 한참 놀라움을 표출하다가 갑자기 12개월 이하의 경우 여아와 남아 모두 자동차를 응시했다고 밝혀 읽는 자의 기운을 쏙 빼놓는다.

좀처럼 믿기 어려운 이 연구들의 출처는 왜인지 대부분 영국이나 독일, 프랑스 등 서유럽 국가 어느 대학 연구팀이다. 수많은 노벨과학상 수상자를 배출한 과학 강국인 서유럽의 어느 대학 과학자들은 죄다 테스토스테론 환원론자들인가 하는 의심이 들 정도로 성호르몬에 대한 연구 방법, 대상, 시기는 제각각이지만 결과는 같다. 무엇을 묻든지 테스토스테론이 답해준다. (그런 점에서 성호르몬 연구는 계층, 인종, 정치 성향 등 특정한 공동체가 가진 특징을 하나로 묶어내고 본질적인 것으로 증명하려는 시도들과 맞닿아 있다.)

이런 연구의 기반에 '여성이 남성보다 주차를 못한다' 등 불변의 전제가 있다는 것은 데이터 안에 편견이 깊숙하게 침입해 있음을 드러낸다. 두 개의 성은 두 개의 차이로, 그리고 두 개의 호르몬으로 '자연스럽게' 연결된다. 이는 남성과 여성이 모두 에스트로겐과 테스토스테론을 생성함에도, 에스트로겐은 '여성 호르몬'으로, 테스토스테론은 '남성 호르몬'으로 불리게 된 이유이다. 성호르몬의 발명은 성차를 만들어내는 결정적인 열쇠였다기보다, 두터운 고정관념과 뿌리 깊은 여성 혐오를 재차 확인할 탁월한 기회였던 것이다.

시몬 드 보부아르는 『제2의 성』 서문에서 이렇게 말했다. "(사람들이 여성해방에 반대했던 것은) 여자들이 저렴한 임금으로 일하는 데 익숙한 만큼 자기들에게 더욱 위험한 경쟁자로 생각되었기 때문이다. 그래서 여성해방 반대자들은 예전처럼 종교·철학·신학뿐만 아니라 생물학·실험심리학 등의 과학까지 동원해 여성의 열등함을 증명하려고 했다. 그들은 기껏 '다른' 성에 대하여 '차이 속의 평등'을 인정하려는 것이 고작이었다."◆

◆　시몬 드 보부아르, 『제2의 성』, 이희영 옮김 (동서문화사, 2009), 22~23쪽.

스포츠가 선사할 수 있는 놀라움이란
'타고난' 신체적 능력과 특질을

'훈련'을 통해 최대로 끌어올려
인간의 한계를 뛰어넘는 데에서
비롯한다고 여겨졌다.

그런데 왜 뛰어난 역량을 지닌
여성 선수에게만은
다른 잣대가 적용되는가.

단지 성호르몬 수치 때문에?

앞의 성별 논란으로 다시 돌아가서, 만약 테스토스테론 수치가 퍼포먼스에서 절대적인 것이라면, 이는 여성 선수뿐만 아니라 남성 선수에게도 적용해야 한다. 스포츠에서 혈중 테스토스테론 정상 범위가 경기 출전의 조건이 된다면, 그것을 모든 선수, 모든 성별에 적용해야 한다. (도핑에 의한 것만이 아니라) 내분비조직에서 나오는 모든 체내 호르몬 수치에 말이다. 이는 말장난이나 비꼬기가 아니다. 이것이 말도 안 되는 주장으로 들리는 것은 테스토스테론 수치를 기준으로 출전 여부를 정하는 것 그 자체가 말도 안 되는 규칙이기 때문이다. 그러나 다시 이것은 말장난이나 비꼬기가 아니라 실제로 적용되는 규칙이다.

서유럽의 어느 대학 과학 연구팀이 아니더라도, (매우 많이 들어왔기 때문에) 우리는 남성이 테스토스테론 수치가 대체로 높다는 것을 안다. 평균 남성보다 테스토스테론 수치가 높은 남성이 있듯이, 여성도 마찬가지일 텐데, 이를 따지는 것은 명분과는 달리 실제로는 스포츠에서의 공정성을 대단히 보장하지는 못한다. 왜냐하면, 스포츠는 결코 공정한 적이 없었기 때문이다.

스포츠를 작동시키는 국가적 기획을 생각하면, 경기에서 메달을 획득하는 것은 개인의 신체적 이점으로만 가능한 일이 절대로 아니다. 어떤 선수가 국제적인 스포츠 대회에서 이름을 알리면 곧바로 '두유노 클럽(Do you know OOO?)' 멤버가 되는 현상은 스포츠가 애초에 누군가를 대표할 수 있는 조건을 가진 자들을 위한 장이었다는 것을 너무나 잘 보여준다.

스포츠는 '자연적' 능력과 타고난 실력을 언제나 동경해왔지만, 선수들의 국가 및 훈련 조건 — 공학 기술과 장비 등 모두에게 공정하게 주어지지 못하는 어떠한 인공적인 조건들 — 차이에는 너그럽다. (약물 투여만 제외하고.) 자연적인 것과 인공적인 것 사이에서 스포츠는 공정한 척했지만, 실은 언제나 불공정한 기반 위에 있다. IAAF 등 스포츠의 장을 관리하는 공식 기관들이 남아공 국적 선수와 부룬디 국적 선수, 그리고 서유럽 국적 선수의 코치진 및 훈련 기반 차이와, 그래서 그 점을 고려했을 때 그 경기 자체가 얼마나 불공정한지에는 관심 없으면서도, 여성 선수의 호르몬 수치에는 적극적으로 관여해야 한다고 여기는 것은 지나친 모순이다.

여성-퀴어-스포츠

미국 드라마 <엘 월드The L World>에서 프로 테니스 선수로 등장하는 데이나 페어뱅크스는 레즈비언 정체성을 들키지 않기 위해 게이 친구를 애인으로 위장해서 파티에 참석한다. 광고와 스폰서십을 지속하려면 사생활에서도 '섹시한 이성애자 테니스 선수' 이미지를 유지해야 한다는 에이전시의 요구 때문이다. 시즌 1 내내 커밍아웃을 두려워하는 캐릭터로 등장하던 그는 이후 시즌에서는 커밍아웃을 하지만 걱정한 것과 다르게 스폰서십이 유지된다.

나에게 '여성-퀴어-스포츠'의 배열은 낯설지 않다. 운동의 행위가 탈-여성이라면, 퀴어와 탈-여성은 잘 부합하고 여성 스포츠 선수로서의 정체성을 위협하지도 않을 것이라는 상상, 여전사가 있다면 분명 운동선수의 신체를 가졌을 것이기 때문에 오히려 적절한 자리에 배치된 완벽한 조합으로 느껴지기도 한다.

그러나 '여성-퀴어-스포츠'의 배열은 특정한 개별적 관계 안에서 인식되는 것이 아니다. 동성 간, 특히 여자들의 친밀성이 섹슈얼한 관계로 좀처럼 인식되지 않았던 것처럼 말이다. 그것은 주로 스포츠머리를 한, 또는 상체가 건장한 신체를 가진 여성의 이미지, 그렇고 그런 스테레오타입으로 작동한다. 축구, 농구, 프로 격투기와 같이 지극히 남성화된 종목에서 활동하는 여성 선수들을 둘러싸고는 더더욱 그렇다.

여성 스포츠는 남성 스포츠보다 더욱 퀴어 친화적이라고 이야기되고, 프로에서 활동하는 선수들 중에서 커밍아웃한 여성 선수들이 남성 선수들보다 많다. 그것도 랭킹 상위권에 있는 선수들이 앞장서서 자신의 정체성과 관계를 적극적으로 드러내며 일종의 아이콘이 되기도 한다. 성소수자 인

권의 달Pride Month인 6월이 되면 각 스포츠 공식 계정에는 퀴어 축제 행진의 모습이나 커밍아웃한 선수들의 '너 자신이 되어라', '네 마음속의 말을 들어라', '있는 그대로의 너 자신을 사랑해라' 등 긍지를 높이는 말들이 등장한다. 흥미롭게도 여성 스포츠 쪽에서는 매우 적극적으로 타임라인을 무지개로 물들이는 반면 남성 스포츠 계정에서는 혐오 세력을 인식하는지 매우 형식적인 포스팅만을 시전한다. 예를 들면 2020년 6월 미국여자프로농구WNBA 인스타그램에서는 상위 랭킹의 선수들 또는 커밍아웃한 선수들의 사진들이 빨간색부터 남색까지 다양한 색으로 물든 채 무지개처럼 화면 한 바닥을 채웠지만, 미국프로농구NBA 계정에는 '그들의their' 스톤월 항쟁 50주년을 기리는 지난해 퍼레이드 사진 한 장만이 올라왔을 뿐이다.

여성 스포츠의 장은 다양한 정체성을 드러내는 것에 너그럽다고 여겨진다. 실제로 2019 프랑스 월드컵에서 커밍아웃한 여성 선수는 서른여덟 명이었지만, 2018 러시아 월드컵에서 커밍아웃한 남성 선수는 단 한 명도 없었다. 남성 스포츠가 호모소셜에 기반을 두고 있기 때문에 남성 스포츠 선수의 커밍아웃은 선수로서의 아이덴티티를 위협한다. 그와 대조적으로 여성 스포츠에서 퀴어는 여성 선수에 대한 스테레오타입으로 자리 잡고 있기 때문에 운동선수로서의 아이덴티티에 오히려 부합되는 것처럼 보인다.

그렇다면, 그렇다고 해서 여성 스포츠가 퀴어 친화적인가? 그래서 내가 출전했던 여성퀴어게임즈는 퀴어 친화적인 분위기에서 개최될 수 있었던 것인가?

그러나 나는 '여성-퀴어-스포츠'의 완벽한 조합이 퀴어 여성과 스포츠를 가깝게 만들어주지 않는다고 생각한다. 스미스대학 하키팀의 노라 코흐렌Nora Cothren은 여성 운동선수는 레즈비언이라는 고정관념 때문에 오히려 커밍아웃하기 더 어렵다고 이야기하는데, 그 이유는 팀원 중 누군가 자신을 레즈비언으로 커밍아웃하게 되면 고정관념으로 떠돌던 것들이 (거봐, 내가 뭐랬어 진짜) 사실이 되기 때문이다.◆ 이것

◆ "그것이 문제였다. 여자 운동선수가 레즈비언이라는 고정관념. 내 팀원들은 그 고정관념을 싫어했고, 그것을 분명히 표현했다. 그들은 "레즈비언들이 왜 그렇게 많이 있지? 싫어! 모두들 나를 레즈비언이라고 생각하고 있어"라고 했고, "음, 분명 팀에 남자가 있어. 그게 아니면 거대한 다이크(a huge dyke)"라고 했다". "As a Lesbian Athelete, I am More Than a Stereotype", *Huffpost*, 2014.2.13.

은 마치 호모소셜에서 남성성을 위협하는 존재로서의 동성애자를 대할 때, '우리'의 명예를 실추시키는 존재로 규정하고 배제하는 과정과 일정 부분 닮아 있다.

여성 운동선수는 레즈비언일 수 있다는 생각이 아무리 자유롭게 떠돈다고는 해도 여성 선수가 스스로 레즈비언으로 커밍아웃했을 때 닥치는 상황은 완전히 다르다. 그는 자신의 정체성으로는 필드에서 자유롭지 못하다는 것을 잘 알고 있다. 오히려 커밍아웃한 선수가 그로 인해 억압받거나 스폰서십이 끊기거나 줄어드는 상황에 부닥칠 수 있기 때문이다.

커밍아웃한 레즈비언 운동선수를 이야기하면서 축구선수 메건 라피노Megan Rapinoe를 빼놓을 수 없을 텐데, 그는 2019 프랑스 월드컵에서 우승한 후 "성소수자 없이 우승하는 것은 불가능하다. 어떤 팀도 그런 일은 없었다. 이것은 바로 과학이다!"라고 약간 찝찝하게 임파워링되는 말을 했다. 이 웅장한 말이 마음을 크게 울리지 못하는 이유는 그것이 승리의 자리에서 우승자나 겨우 할 수 있는 선언이었기 때문이다.

역시 스포츠에서 커밍아웃으로 손해를 보거나 불안해하지 않고 의미를 획득할 수 있는 것은 트로피를 획득한 사

YOU CAN'T WIN A CHAMPIONSHIP WITHOUT GAYS ON YOUR TEAM. IT'S NEVER BEEN DONE BEFORE, EVER.

THAT'S SCIENCE, RIGHT THERE.

람들뿐인가. '퀴어 없는 우승은 없다'는 말은 우승을 한 자만할 수 있다. 그가 우승하지 못했다면? 트로피를 들지 않은 빈손으로 할 수 있는 말은? 여성 스포츠 선수들이 남성 스포츠선수들보다 더 많이 커밍아웃할 수 있었던 것은 여성 스포츠가 더욱 퀴어 친화적이거나 여성 선수들이 레즈비언 스테레오타입으로 여겨졌기 때문이 아니다. 여성 스포츠 장의 조건들은 오히려 레즈비언 선수들이 편견과 혐오에 더욱더 쉽게노출되고 자신의 섹슈얼리티를 더 깊숙이 숨기도록 만들기도 한다. 그러므로 퀴어 챔피언 또는 메달리스트가 구성한 '여성-퀴어-스포츠'의 배열은 혼을 빼놓는 유니콘의 유령처럼떠돌아다닐 뿐이다.

퀴어 여성이 자신의 섹슈얼리티를 밝혔을 때 선명해지는 것은 무엇일까. 우승자가 '퀴어는 어디에나 있다'를 외치면, 언제나 벤치를 지키는 B급 선수도 모두의 신체를 드러내는 라커룸의 압박을 견딜 수 있을까. 프라이드를 트로피로서 획득한 자들만이 자신의 섹슈얼리티에서 자유로울 수 있다면, 퀴어의 프라이드는 '있는 그대로 네 모습을 사랑'하는 것 과는 달라진다.

이런 지적은 메건 라피노를 포함한 스포츠 퀴어 아이콘들이 자신의 자리에서 목소리를 내고 의미를 퍼뜨리는 일을 비판하려는 것이 아니다. 그들이 앞장서서 '퀴어는 어디에나 있'고, '퀴어 없는 우승은 없'다며 성소수자 혐오의 문제를 제기하는 것은 마치 퀴어 친화적인 양하는 여성 스포츠 장 안에서도 퀴어 선수들은 억압의 구조에 놓여 있음을 호소하는 데 의미가 있다. 하지만 '퀴어 없는 우승'이 없다면, '퀴어 없는 패배'도 없다는 점을 상기해야 한다. 패배한 퀴어의 신체는 우승한 퀴어의 신체와는 다른 문화사회적인 의미와 부딪치며 관계 맺을 수밖에 없기 때문이다. 그리고 그들을 공고하게 둘러싼 것은 '승패'를 가르는 파워 게임으로서의 남성중심적 스포츠의 장이라는 점 역시 잊지 말아야 한다.

나는 "모든 여성이 해방될 때까지 누구도 해방될 수 없다"는 1960년대 페미니즘 운동의 구호, 이를 깊이 기억해야 한다는 미국의 페미니스트 레즈비언 시인 에이드리언 리치 Adrienne Rich의 당부를 여기에 불러온다. 리치는 우리가 "'진정한 자격을 갖춘' 여성만이 리더십과 인정과 보상을 받을 수 있는 것처럼 보이게 하는" 데 고무된, "개인의 성장과 인간의 잠재성과 관련한 산업이 고혈을 빨아먹는 사회에 살고 있다"고 말한다.◆ 지금의 여성 스포츠 장은 다른가? 잠재력을 증명한 퀴어 아이콘을 내세우는 일은 이 장에 일시적이고 즉각적으로 긍정적인 힘을 부여할 수 있을 것이다. 그러나 그것만으로는 충분치 않다. '퀴어는 어디에나 있다'는 연설을 전 세계가 주목하는 중요한 행사에서 듣고 목격하는 것만으로도 모든 소외와 차별이 해소되거나 더 나은 세상이 곧 도착하지는 않는다.

사실 국제 대회 순위권에 올랐다면 그 선수의 정체성이 무엇이건, 그것은 그닥 중요하지 않을 수도 있다. 그는 퀴어 운동선수로서가 아니라 국기를 가슴에 달고 트로피를 들고 돌아온 승자로서 먼저 증명되고, 발언권을 얻는다. 이에 대한 일종의 효과로 순위권을 점유하지 못한 다른 퀴어 운동선수들의 빈손은 운동선수로서, 퀴어로서 정체성을 정당화하기에는 자격 미달이 된다.

◆ 에이드리언 리치, 「여성은 무엇을 알아야 하는가?」, 『우리 죽은 자들이 깨어날 때』, 이주혜 옮김 (바다출판사, 2020), 228~231쪽.

국가와 국력을 대변하던 파워 게임으로서 스포츠의 남성 중심적인 뿌리를 외면한다면 '여성-퀴어-스포츠'는 남성 또는 거대한 다이크의 이미지를 가운데 두고 그것에 완벽히 일치하거나 가장자리로 벗어나기를 반복할 것이다. 여성 스포츠, 그리고 나아가 모든 운동장이 퀴어 친화적인 장이 된다는 것은 그 이미지 자체를 깨뜨리는 것이다.

③
트랜스젠더의
신체로부터의 가능성들 |

사진작가 하워드 샤츠Howard Schatz는 <ATHLETES(운동
선수들)>라는 작업에서 스포츠 종목에 따라 각기 다르게 발
달된 선수들의 신체를 한 줄로 나열했다.♦ 사이클 선수의 허
벅지, 수영 선수의 광배근, 레슬링 선수의 납작한 귀와 땅딸
막한 체구, 농구 선수의 길쭉하게 붙은 종아리 근육 등 각기
다르게 발달한 신체를 통해 그 발달을 도모한 스포츠 각각의
특징을 한 프레임 안에서 볼 수 있었다.

♦ 2002년 작업의 일부를 하워드 샤츠의 웹페이지에서 볼 수 있다.
https://howardschatz.com/human-body/athletes/

흥미로웠던 부분은 신체에 나타난 종목 간의 유사성과 차이인데, 비슷한 또는 같은 종목이라고 생각해왔던 종목들이 예상과 다르게 각기 다른 신체 발달을 요구하고 있다는 점이다. 예컨대 200m 육상 선수의 신체는 같은 러닝 레이스 종목인 마라톤 선수의 신체보다 오히려 농구 선수의 신체와 닮아 있었다. 특히 마라톤이나 체조에 유리한 신체는 왜소한 편이어서 운동선수를 생각할 때 쉽게 떠올리는 신체의 표상과 멀었고, 흔히 운동선수라고 여겨지는 큰 키와 크고 작은 근육이 적당한 비율로 붙어 있는 신체 표상은 단거리 육상이나 농구 선수의 신체와 가까웠다.

경계 없이 나열된 선수들의 신체를 보는 것은 종목의 경계들에 대한 인식을 다시 세우는 경험이었고 그 과정에서 성별의 명확한 구분이 사라지니 강조되어 보이는 것은 선수들의 각기 다르게 발달한 신체였다. 장대높이뛰기 선수와 투포환 선수가 나란히 서 있는 장면에서 드러나는 것은 성차화된 신체가 아니라 체형, 인종, 국가와 같은 조건들이었기 때문에 하마터면 스포츠가 성별이라는 엄격한 기준으로 영역을 나누고 있다는 사실을 잠시 잊어버릴 뻔했다.

스포츠에서 대부분의 종목은 두 가지 섹스를 기준으로 리그를 나누며, 이는 섹스의 특징이 분명한 신체 차이로 나타난다는 전제에 근거하고 있다. 정확하게 말하면 스포츠에서 분명한 신체 차이라는 것은 외부 생식기 여부가 아니라 신체 능력의 차이로 상정되기 때문에 성별의 경계를 넘나드는 신체를 상상하지 못하는 것은 어쩌면 당연한 일이다. 법적 성별 기준에 의해 '여성'으로 지정된 선수들이 뛰어난 실력을 갖추고 있으면, (트랜스젠더 여성이 아닐지라도) 그 성별은 의심받는다.

그러나 샤츠의 작업 속 선수들의 신체에서 발견되는 차이들은 분명히 종목별 특징에서 비롯되었다는 점에 비추어 보면, 스포츠의 규범이 어떻게 성별에 따른 표상을 '만들고', 그에 따라 다시 섹스를 기술하고 있는지를 묻게 된다. 그러므로 스포츠에서 트랜스젠더를 이야기하는 것은 정체성을 통과한, 오롯이 개인으로서의 역량을 논쟁의 장으로 끌어들이려는 시도일 뿐 아니라, 성별에 따른 경계와 규칙에 질문을 던지고 신체와 관련된 인식 변화를 요청하는 것이다.

여자의 신체라고 했을 때 쉽게 기술되곤 하는 물질화된

신체 규격은 남자의 신체와 경쟁하기에 너무 약한 신체이기 때문에 스포츠에서 성별을 의심받는 자는 언제나 뛰어난 실력을 갖춘 여성 선수이다. 그래서 트랜스젠더 선수들의 불공평한 신체에 대해서 문제 삼을 때 이야기되는 대상은 반드시 여성 리그에 속해 있는 트랜스젠더 선수들이며, 남성 리그는 섹스와 호르몬 수치에 상관없이 누구나 정정당당하게 싸울 수 있는 공간으로 여겨진다.

2015년에 국제올림픽위원회IOC가 지정한 성별에 대한 지침은 트랜스젠더 남성의 남성 리그 경기 참가에는 아무런 제약을 두고 있지 않지만, 여성과 경쟁하길 원하는 트랜스젠더 여성 선수는 테스토스테론 수치를 12개월 이상 10nmol/L 이하로 유지해야 하며, 경기 이후에도 4년 이상 자신을 여성으로 증명해야 한다고 적시한다. 남성 리그가 어떠한 제약을 두지 않는 반면, 여성 리그는 엄격하다. 이러한 배제와 차별은 트랜스젠더 여성 선수들에게 한정되어 제기되는 문제다.

이에 대해 생각해보게 하는 영화가 있다. <게임의 규칙 Changing the Game>(2019)에 등장하는 트랜스젠더 남성 레슬링선수 맥 베그스Mack Beggs는 UILUniversity Interscholastic League의 규정에 따라 남성 리그에 속하는 것을 허용받지 못해 호르몬 투여 과정 중에도 여성 리그에서 경기를 치를 수

밖에 없었다. 그가 여성 리그에서 2년 내내 무패 신화를 쓰며 챔피언십 메달을 차지하자 사람들은 남성이, 그리고 '약쟁이'가 여성 리그에서 뛰는 것이 불공평하다는 비판을 퍼부었지만, 맥이 남성 주니어 리그에서 3위를 차지하자 사람들은 관심을 끄거나 오히려 그를 기특해하기 시작했다. 이것은 트랜스젠더 여성 육상 선수 앤드라야 이어우드Andraya Yearwood가 여성 리그에서 뛰고 있을 때 받은 엄청난 야유와 혐오의 반응◆과 상반된다.

다시 말해 앤드라야의 신체는 좋은 기록을 세울수록 여성의 공간을 침입하고 불공평하게 파이를 빼앗는 위협이 되고, 맥은 고난과 역경을 이겨내고 정정당당하게 남성 리그에서 좋은 기록을 세운 무해한 신체로 해석된다. 이 모순은 우리가 추구해야 하는 스포츠가 무엇인지, 그리고 스포츠가 가진 기획이 무엇이었는지 다시 질문하게 한다.

◆ 영화 <게임의 규칙>에서 트랜스젠더 여성 선수들이 받는 야유와 비판은 "생리도 안 하면서, 어떻게 여자라고 할 수 있지.", "피 흘림과 감정적 어려움을 극복해야 여자다.", "누가 봐도 남자 골격이다." 등 대부분 생물학적 "진짜" 여성이 무엇인지 몇 가지 기준으로 간단하게 증명하려는 내용이어서 영화를 보는 내내 나도 여러 번 여성 탈락의 위기에 봉착했다.

여성 리그는 무엇을 지키기 위해 필사적으로 트랜스젠더 선수들을 배제하려는 것일까. 규범적인 여성성? 스포츠가 기획한 여성의 신체를 가진 자가 가져가야 했을 트로피? 이것은 마치 여성들이 '우리'의 공간을 지키고 빼앗기지 않기 위해 침입자를 검열하는 장치를 쌓아 올리는 모습과 비슷하다. 하지만 그러는 와중에 이 모든 행위가 벌어지고 있는 스포츠라는 필드 자체가 오염되어 있다는 점은 자꾸 잊힌다. 여기는 전통적인 남성성과 여성성을 자명한 본질의 원칙으로 이해하고, 남성 중심적 관점으로 성차를 기획하고 경계 지은 곳이다. 그 점에 비추어 보면 여성 선수에게 주어져야 할 파이를 트랜스젠더 여성에게 빼앗겼다는 생각을 힘겹게 받치고 있는 것은 늘 여성의 약한 신체 이미지이다.

과학이 오랫동안 권위를 부여했던 남성 호르몬의 우월성과 문화사회적 구성의 과정을 거쳐 발명된 '성역할'이라는 개념에 또 다시 힘을 실어주는 것은 다소 자존심 상하는 일 아닌가? 남성이었던 적 없었던 트랜스젠더 여성의 성정체성을 의심하거나 '인정'하지 않는 일, 성정체성과 외부 생식기의 불일치의 '원인'을 밝히는 데 집착하는 일은 더 나은 여성

스포츠 필드 만들기에 적절한 도움을 주지 못한다.◆

　　테스토스테론으로 대표되는 남성 호르몬이 얼마나 우월한가 증명하는 데 공모하는 것보다 트랜스젠더 선수들이 호르몬 투여 과정에서 겪는 개별적인 신체 변화에 귀 기울여야 할 것이다. 다시 말해 빼앗긴 것은 여성의 신체 역량이고, 우리의 신체를 빼앗은 상대는 트랜스젠더 여성이 아니다.

스포츠에서의 성적 구분은 문화사회적으로 '약한 여성'이라는 규범을 구성하며, 반복된 낙인 찍기로 트랜스젠더 여성을 배제할 뿐만 아니라 젠더화된 권력 체계를 되풀이한다.

　　다시 생각해보자. 트랜스젠더라는, 여성 스포츠 필드의 새로운 침입자는 위협이 아니라 잠재태를 가진 새로운 신체일 수 있고, 두 개의 섹스 사이에 놓이는 침입자의 신체들은 경계를 넘나들면서 신체의 의미와 형태를 변화시킬 수 있는 역량이 될 수 있을지도 모른다. 누군가의 신체 능력과 외부

◆　랜디 허터 엡스타인, 『크레이지 호르몬』, 양병찬 옮김 (동녘사이언스, 2019), 372쪽.

생식기가 남성에 가까운지, 여성에 가까운지 왈가왈부할 시간에 트랜스젠더의 안전한 성전환과 최선의 치료법, 그들이 새로운 스포츠 필드에서 적응할 수 있는 적절한 도움을 논의하는 것이 여성 스포츠에 더 긍정적이라고 믿는다.

여성 리그는 무엇을 지키기 위해
필사적으로 트랜스젠더 선수들을
배제하려는 것일까.

스포츠라는 필드가 남성 중심적인
기획으로 오염된 곳이라면?

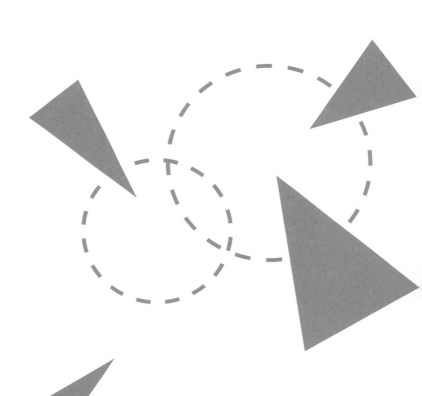

스포츠 필드의 새로운 침입자는
위협이 아니라

잠재태를 가진
새로운 신체일 수 있다.

④

트랜스젠더의
신체로부터의 가능성들 ||

여성 리그에서 트랜스젠더 선수의 존재가 공평 및 정당의 기준과 결부되어 논의된다는 점을 더 파고들기 이전에, 스포츠 자체가 과연 공평하고 정당하게 작동해왔는지부터 따져보자. 트랜스젠더 선수뿐만 아니라 모든 선수에게 국제 대회의 장은 그렇게 공평하고 정당하지만은 않아 보인다. 이를테면 최고의 실력을 가진 코치진과 훌륭한 훈련 환경을 갖출 기회는 당연하게도 모든 선수에게 공평하게 주어지지 못하기 때문에, 인기 종목의 우승 트로피는 언제나 경제 성장 국가들에서 가져간다는 것은 어떻게 이해해야 하는가.

그런데도 유독 트랜스젠더를 문제 삼는 것은, 적어도

성별 차원에서는 공평해야 한다는 뜻일까. 트랜스젠더 이론가 조안나 하퍼Joanna Harper는 호르몬 치료를 받은 트랜스젠더 여성들이 시스젠더 여성들보다 키가 크고 몸집이 크고 힘이 세지만 그것이 반드시 게임을 불공평하게 만드는 것은 아니라고 일갈한다. 그들이 설령 높은 수준의 실력을 가지고 있더라도 사회적으로 자신의 분야에서 두각을 나타내기 어렵기 때문에, 신체적 이점이 사회적인 약점보다 크지 않다는 것이다.◆

트랜스젠더를 배제하려는 페미니즘의 한 흐름이 있는데, 이 흐름의 대표적 인물인 래디컬 페미니스트 실라 제프리스 Sheila Jeffreys는 트랜스젠더가 여성의 실재를 부정하며, '성역할sex role' 대신 '젠더'라는 용어를 사용해 여성 착취 억압 구조를 감춘다고 주장한다. 제프리스는 저서『젠더는 해롭다 Gender Hurts』번역·출간에 맞춰 국내 몇몇 도시에서 초청 강

◆ "IOC Delays New Transgender Guidelines after Scientists Fail to Agree", *The Guardian*, 2019.9.24.

연을 했는데 당시 강연 소식을 알리는 카드뉴스 형태의 홍보물에서는 트랜스젠더(특히 MTF)에 대한 그의 인식과 그 의도가 잘 드러났다.

홍보물은 '트랜스 현타Peak Trans'를 설명하기 위한 예시로 트랜스젠더 여성 역도 선수 로렐 허버드Laurel Hubbard를 들며, 그가 남성 리그의 메달권에 들지 못하자 성별 '취사선택'을 통해 남성의 신체로 여성 리그의 메달을 휩쓸고 다닌다고 설명했다. 언뜻 굉장히 불공평해 보이는, 본래 여성의 것이어야 했을 메달을 훔쳐간 듯한 이 상황 설명은 (트랜스젠더 여성의 몸의 경험에 대해서 아무 말도 하지 않으면서) 그들이 가진 신체가 여성보다 우월하며, 그것이 스포츠에서 우승할 수 있는 유일한 조건인 것으로 생각하게 한다.

트랜스젠더가 여성만의 공간의 위험한 침입자라는 말인가. 이 홍보물은 그들의 존재가 우리 주변에 직접적인 피해를 입힐 수 있다는 메시지를 전달하기를, 전달받기를 부추긴다. 트랜스젠더 스포츠 선수에 대한 억지스러운 해석뿐만 아니라 트랜스젠더 성범죄자를 불러와 트랜스젠더 여성 모두를 잠재적 범죄자로 보게 하는 극단적인 예시는 자극적으로 불확실한 공포를 불러일으킬 뿐이다.

트랜스젠더 여성들이 자신의 이득을 취하기 위해 성별

을 간단하게, 마치 편의점에서 음료를 고르는 것처럼 '취사 선택'할 수 있는 것으로 폄하하는 인식은 사실 여성 신체의 가치 역시 낮춰버린다. 트랜스젠더의 신체를 '남성'의 것으로, 우월한 것으로 위치시키는 과정에서 여성의 신체는 자연스럽게 열등한 것이 된다. 이는 트랜스젠더 신체뿐만 아니라 모든 물리적인 힘 앞에서 나약하고 수동적인 여성의 신체 이미지를 상상하게 한다.

여기서 상정하고 있는 여성의 신체는 페미니즘에서 오랜 논쟁과 투쟁의 장이었다. 정신적인 것의 반대항으로 환원되던 여성의 몸과 물질을 이렇게 본질적인 것으로 이야기한다면 우리는 정말 더 이상 젠더에 관해, 그리고 "여성의 몸에 가해지는 젠더화된 억압에 대해 이야기할 수 없게 된다."◆

〈위의 홍보물에서 주장하는〉 남성을 절대 이길 수 없는, 피 흘리고 강간당하는 여성의 신체야말로 남성의미경제의 산물이며, 그것이 유일한 여성의 현실이라고 반복하는 것은 어떠한 현실적인 해결 방안도 주지 못한다. 이는 〈트랜스젠더의 신체를 편집해 보여주는 것만큼이나〉 실제 여성의 삶과 실제 여성의 신

◆ 「쉴라 제프리스의 『젠더는 해롭다』 출간에 부쳐」, 페미니스트연구웹진 〈Fwd〉, 2019.10.2.

체를 편집적으로 보여주는 방식이며, 삶을 긴밀하게 들여다 보려는 시도 없이 이원론적인 선택지를 제시하며 혐오를 선 동하는 것에 불과하다. 게다가 트랜스젠더의 존재를 인정하 지 않으면서, 비판하는 모습은 마치 차별을 인정하지 않으면 서 '역차별'만을 외치는 자들의 모습과 맞닿아 있다.

그러므로 트랜스젠더의 존재를 부정하는 전략을 통해 얻을 수 있는 것은 단지 우리의 빼앗긴 신체와 다시 불투명하게 마주하는 것뿐이다. 스포츠에서 트랜스젠더 선수들의 신체 는 이원론적인 섹스 체계의 사이에서 새로운 규칙을 요구한 다. 그 요구에 따라 남성-국가 중심적인 기획을 멈추고 새로 운 젠더를 이야기할 수 있는 스포츠의 장을 만들기 위해서, 우리는 이 새로운 '침입자'들과 어떻게 경합하고 변화해갈지 함께 논쟁해야 할 것이다.

불확실성의 윤리 너머

<슬램덩크>에서 안감독은 강백호에게 "마지막까지… 희망을 버려선 안 돼, 포기하면 그 순간이 바로 시합 종료예요"라고 말한다. 이 대사는 강백호에게 농구를 대하는 마음가짐과 자세를 가르쳐주었을 뿐만 아니라 모든 스포츠가 공유하고 있는 불확실성의 윤리*에 대해 생각하게 한다.

스포츠의 타임라인은 예측을 뛰어넘는 갖가지 플레이의 출현이 올려진 레이어의 연속이라는 생각이 든다. 스포츠

◆ 론 버텔슨·앤드루 머피, 「일상의 무한성과 힘의 윤리」, 『정동 이론』
   (갈무리, 2015), 265쪽.

가 만들어내는 특유의 정동은 때론 충분히 예측 가능하면서도 동시에 불확실한 것들 사이에서 촉발되기 때문이다. 당연하게도 나는 결과가 뻔한 경기보다 도저히 예측이 불가능한 경기 결과를 좋아하고, 또 그보다는 강팀이 방심한 틈을 약팀이 놓치지 않고 파고들어 보란 듯이 반전에 반전을 거듭하는 스포츠의 순간들에 열광한다.

코로나19 시대의 사회적 거리 두기로 체육관 대관이 어려운 탓에 2020년에는 국내외 프로뿐만 아니라 아마추어 영역에서도 거의 모든 대회가 취소되거나 연기되었다. 한 달만 농구를 못 해도 몸이 굳어버리는지 확실히 탄력이나 순간의 움직임이 달라지는 것이 느껴지는데, 지금은 거의 넉 달째 코트를 밟아보지 못하고 있다. 이러한 팬데믹 상황 속에서 나뿐만 아니라 모든 아마추어 선수들이 정기적으로 농구를 하지 못하기 때문에 2020년의 S리그 경기는 (열릴 수 있다면) 실제로 예측 불가능할 것 같다. 농구를 오래 안 하면 실력이 떨어지는 것은 당연하고, 상황이 장기화될수록 코트 위의 나에 대한 확신은 사라지는 중이다. 그렇지만 또 나만 농구를 못

하고 있는 것이 아니기 때문에 한편으로는 이 장막 안에 갇힌 예측 불가능한 시간을 어떻게 견디는가에 따라 흥미로운 순간들을 마주할 수 있을지도 모른다는 기대도 든다.

대회에서 우승하기 위해서는 실력도 중요하지만 컨디션과 상황 같은 운도 잘 맞아떨어져야 한다. 그리고 무엇보다 예선에서 어떤 팀을 만나는지가 특히 중요하다. 예선부터 우승이 기대되는 팀과 만나면 본선 진출이 어려워지는 것은 물론 대회 초반에 기력을 모두 소진할 수 있기 때문이다. 대부분의 대회는 풀 리그 또는 토너먼트로 진행되며 대진표는 대회 당일 아침에 제비뽑기를 통해 채워진다. 팀원 중 한 명이 긴장감 속에서 모든 소망을 담아 알파벳과 숫자로 이루어진 종이 한 장을 뽑는다. 운이 좋으면 실력이 없는 팀과의 경기가 배치되어 본선에 쉽게 진출할 수 있는 가능성이 커지고 운이 나쁘면 잘하는 팀과 경기를 하게 되어 본선 진출은 당연하게도 불투명해진다. 하지만 대진표는 어디까지나 대진표일 뿐, 농구 대회에서 예상 가능한 모두의 시나리오란 없다. 스포츠의 결과는 예측 불가능하고, 꽤 큰 실력 차를 보이는 아마추어팀들이 배치된 대진표의 피라미드는 새로운 부딪침들을 만들어낸다.

여성 농구 대회가 흥미로운 것은 전국 대회임에도 불구

하고 출전하는 팀은 한 줌, 즉 거기서 거기라는 것이다. 하루 동안 체육관 대관 시간 내에 모든 경기가 끝나야 하기 때문에 기껏해야 10팀 내외가 출전한다. 여성 농구팀은 대학팀까지 모두 합쳐도 하나, 둘, 셋, 넷… 한 줌이기 때문에 농구 대회에서 여성부를 폐지하지 않게 하기 위해서라도 여성 팀들은 종종 1등 상품보다 비싼 참가비(약 15만~20만 원)를 내고 꾸준히 대회를 나간다. 그래서 서울시 리그에 출전한 팀을 인천시 대회에서 마주치고, 또다시 금천구 그리고 강남구 대회에서 만나는 것이 이미 출전팀이 정해져 있는 프로 리그와 별반 다르지 않다. 그런데도 축적된 데이터만으로 대진표에서 우승 팀의 견적을 낼 수 있다고 (완전히 불가능한 것은 아니면서도) 단정할 수 없는 것은 모든 팀에 대한 예의를 지키기 위한 것이 아니라 진짜 아무도 몰라서다.

3년 전인 2017년에 한 대회의 예선에서 '점프줌마'라는 팀을 만났다. '점프줌마'는 팀 이름에서 알 수 있듯이 기혼여성들, 대부분 40대 여성들로 이루어진 팀이며, 모종의 이유로 당시 대회를 마지막으로 팀 활동을 그만둔다고 했다. '점프줌마'에는 목소리가 너무 커서 종종 벤치 테크니컬을 받는 남자 코치가 있었고, 40대 이상의 여성 선수에게 +1점의 어드밴티지를 주는 상황이긴 했지만, 어쨌든 예선에서 '점프줌마'를 만난 것에 그 해도 대진운이 좋다고 생각했다. 우리 팀은 거의 승리를 확신했다.

하지만 안타깝게도 우리는 경기를 완전히 망쳤다. 처음부터 풀 코트 맨투맨 수비를 했다면 그나마 체력으로라도 격차를 밀고 나갈 수 있었겠지만 우리는 무계획, 무전략으로 코트에 뛰어들었고 상대 팀에게 미안할 정도로 형편없는 플레이를 했다. 공격자가 슛을 쏘려고 했는데도 우리 팀은 수비를 할 생각이 없는지 멀찍이 떨어져 손만 들었다. 공이 링을 맞고 떨어지면 리바운드로 턴을 잡으려고 했지만, 공은 그대로 골대 안으로 빨려 들어갔다. 나는 경기 상황이 급작스럽게 바뀌어도 당황하거나 분위기에 쉽게 휩쓸리지 않는 편인데, 그때는 1쿼터가 끝나기도 전에 엄청난 불안감이 밀려들었다. 처음 느껴보는 감정이었다.

'이러다가 우리 지는 거 아니야?' 아무도 입 밖으로 내뱉지는 않았지만, 모두 같은 생각을 하고 있었다. 선수들이 공유하는 당황스러움과 초조함, 예측을 뒤엎는 점프줌마의 플레이, 흥미진진한 게임에 우레와 같은 목소리로 응원하고 박수 치는 관중석 소리, 그리고 부당하게 여겨지는 심판의 휘슬로 인해 우리는 형편없는 틈을 기꺼이 열어 내비치고 만 것이다!

농구는 열 명의 플레이어가 만드는 탄탄한 구도 안에서 전략적으로 길을 여닫고 찾아 들어가는 것이지만, 당시의 경기 영상을 보면 우리가 열어놓은 것은 틈이 아니라 끝을 알 수 없는 혼돈, 그 자체였다. 그것을 놓치지 않았다는 점에서 상대방은 좋은 플레이를 했고 그로 인해 우리가 쌓아 올렸던 믿음의 영역, 그 거대한 클러스터는 너무나 쉽게 깨져버렸다.

경기 내내 관중들은 최고의 경기를 본 것처럼 환호성을 질렀고, 점프줌마는 우리에게 팀을 지속할 수 있게 해줘서 고맙다는 말을 하고 나갔다. 점프줌마가 활동을 그만두지 않고 다시 대회에서 마주칠 수 있어서 기쁘지만, 우리 팀과의 부딪침이 그들에게 부여한 긍정적인 힘으로부터 나는 도망가고 싶었다. (어차피 그날 우리에게 주어진 게임은 모두 끝났기 때문에 당장 집에 가도 됐지만.) 지금 생각해도 어이없는 실수와 실책은 몇 년이 지난 지금도 가끔 이불을 걷어차게 만들거나, 불쑥 혼잣말을 하게 해 옆에 있는 사람을 깜짝 놀라게 만든다.

그렇다면 결과를 모른다는 것이 어떻게 스포츠의 윤리가 될 수 있을까? 대회마다 매번 같은 팀들이 출전하고 싸우지만, 그리고 그중 한두 팀이 모든 대회의 우승 트로피를 독점하고 다른 팀들은 줄곧 '졌잘싸(졌지만 잘 싸웠다)'를 시전하고 있지만, 그럼에도 농구 코트 위는 여전히 불확실성으로 가득하다. 우리 팀이 겪은 사건은 스포츠에서 익숙하다. 잘하는 팀의 우승은 팬들을 실망시키지 않을 뿐이지만, 아무도 예상하지 못한 팀이 좋은 결과를 냈을 때 그것은 '진정한' 스포츠로 조명되며, 오히려 실력 있는 팀이 그렇지 못한 팀에게 단 1점도 내주지 않았을 때 그것은 도의에 어긋난 것처럼 여겨진다.◆

이러한 점에서 사람들이 스포츠에 기대하는 것은 불확실성으로 쓰여지는 각본 없는 드라마이며, 각본 쓰기는 스포츠의 윤리를 지킬 때 비로소 가능할지도 모른다. 더 나은 신체 조건과 환경을 가지고 있었음에도 불구하고 우리 팀이 패배한 것은 승리를 확신한 거들먹거림 때문이었다.

◆ 동물들의 물기 게임에서도 한쪽이 압도적으로 이기면 어느 순간에는 이기던 쪽이 일방적으로 져주기도 한다. 이는 게임의 지속가능함을 담보하고 서로를 포용하는 정동적 사회성이 아닐까.

강한 상대를 만나 그 압박감과 긴장감이 만들어내는 정동을 선수들끼리 공유할 때는 결과와 관계없이 매우 만족스러운 플레이를 하게 된다. 그것이야말로 잠재력을 발생시키고 신체적 역량을 끌어올리는 코트 위 정동적 사건이다.

언제나 그렇듯이 스포츠가 무릎을 탁 치게 하는 훈훈하고 뻔한 깨달음으로 귀결되어야 한다면, "패배와 실패의 경험은 우리 팀에게 스포츠의 불확실성을 가르쳐주었고, 그 덕에 어떤 상대를 만나도 절대 방심하지 않는 긍정적인 역량을 기를 수 있었습니다~!"라고 말할 수 있겠다. 하지만 그렇게 말할 수만은 없는 나를 포함한 우리 팀이 얻은 것은 과연 무엇이었을까?

그것은 오히려 불어난 불안감, 낮게 흐르는 긴장감이었다. 연습과 훈련으로 그 정도를 가라앉힐 수 있을 뿐 결코 그것으로부터 벗어날 수는 없다는 것을 우리는 인정했다. 더 나은 플레이와 순간들을 위해 언제 어디에서나 튀어나오고 마주칠 수 있는 사건을 견디는 것, 그것을 힘으로 전환하고 공유하는 방법을 예측하고 반복하는 것. 우리 팀이 얻은 것은 농구 코트는 불확실성의 생생한 현장이라는 감각이었다.

더 나은 플레이와 순간들을 위해
언제 어디에서나 튀어나오고 마주칠 수 있는
사건을 견디는 것, 그것을 힘으로 전환하고
공유하는 방법을 예측하고 반복하는 것.

**우리 팀이 얻은 것은
농구 코트는 불확실성의
생생한 현장이라는 감각이었다.**

（나가며）

실패한 여자아이는 자라서

아마추어 농구선수로서 코트 위의 나는 메인 캐릭터라기보다 '부캐'에 가깝다. 김신영의 '둘째 이모 김다비'나 박나래의 '조지나' 그리고 김숙의 '에레나' 같이 인종, 계급, 세대 등 특정 조건들이 바뀌는 것은 아니지만, '본캐'와 '부캐'마다 주로 사용하는 얼굴 근육, 목소리 톤, 단어 선택, 그리고 걸음걸이 등 크고 작은 습관들의 차이가 따라붙는다.

　캐릭터를 넘나드는 것은 어려운 일이 아니다. 왜냐하면 나는 사람들을 웃기는 걸 좋아하는 데다 거기에 약간의 강박이 있고, 상대방이 나에게 호감을 가질 것이라는 믿음과 그 근거가 되는 일종의 경험 데이터가 있기 때문에 관계 맺기에

주저하지 않고 뛰어든다. 어떤 공간에 놓였는가, 누구와 어울리는가, 무엇을 하는가에 따라 치고 빠지는 또는 새롭게 획득하는 습관들은 여러 공동체 안에서 반복 실행되면서 쌓여간다. 예컨대 철학자의 저서를 발간 연도로 말해놓고 서로 알아듣자 깔깔대는 사람들과 있을 때와 3대 몇 치는가 논쟁하는 사람들과 있을 때, 이렇게 서로 다른 그룹에서 같은 톤으로 존재하기는 불가능에 가깝지 않은가.

이러한 이동과 생성은 의도를 갖고 능동적으로 계획하는 것이 아니기 때문에 여태 몇 개의 캐릭터가 생성되었고, 그중 몇 개의 캐릭터가 활성화 또는 비활성화되어 있는지 아무도 모른다. 그럼에도 문득 새삼스럽게 캐릭터 간의 차이를 인식하게 되는 순간이 있어서, 종종 누가 진짜 (또는 가짜) 나인가, 나여야만 하는가 생각해보았는데 아직 결론이 안 났다.

분명히 더 많은 시간과 자본을 투자한 캐릭터가 본캐여야만 하는데, 그런 인과관계의 규칙에 따라 정해진 본캐가 '진짜' 나에 가까운가 생각해보면 어딘가 모자라거나 부족한 것 같다. 그렇다면 이 본캐는 사실 부캐고, 다른 부캐가 본캐가 될 수 있는 가능성이 늘 있다는 것인가. 만약 진짜가 진짜 있다면, 왠지 지금-여기에는 없고 미래에 희미한 불빛으로 흔들리고 있을 것 같다. 물론 이는 현재의 삶이 불만족스럽다

는 불평도, 미래에 부캐와 본캐가 감격스러운 자아 통합을 이룰 것이라는 예언도 아니다.

　취미로 스포츠 하나 안 하는 주변의 연구자들 앞에서 나는 특출난 스포츠맨인 척하고, 농구맨들 앞에서는 '메갈 대장'이지만 이러한 캐릭터 붕괴의 순간은 불쾌하거나 섬뜩한 uncanny 느낌이기보다, 오히려 잠깐 질서를 흐트러놓거나 환기시키는 아주 작은 희열로 온다. 게다가 이것은 익숙한 감각이다. 우리가 스스로를 규정할 수 없는 것은 익숙한 일이기 때문이다.

　서로 다른 규칙을 가지고 있는 공동체를 가로지를 때 발생하는 긴장감. 그것이 물리적으로 신체를 불안정하게 만든다. 그렇다면, 혹은 그렇다고 해서, 익숙하게 살아남기 위해서, 나와 나의 공동체를 지키는 기둥을 세우기 위해서, 나는 '보통의 것'들을 만들고 또다시 갱신하기를 반복해야 할 것인가?

셀린 시아마 감독의 영화 <톰보이>에서 톰보이 '로레'는 이사 온 동네에서 만난 새로운 친구들에게 자신을 '미카엘'이라고 소개한다. 친구들의 축구 경기를 유심히 지켜보며 남자 아이들의 웃통 벗기와 바닥에 침 뱉기를 기억한 미카엘은 다른 날 경기에서 스스로 그 규칙을 이행한다. 머뭇거리던 미카엘은 축구 경기가 달아오르자 티셔츠를 벗고, 골을 넣고, 침을 뱉는다. 친구들과 수영을 하기로 한 날에는, 옷장에서 꺼낸 원피스 수영복을 가위로 잘라 쇼츠로 만들고, 그 안에 넣을 플레이 도우 뭉치를 준비한다.

'로레'가 축구와 수영을 할 때 상체 탈의를 하기 위해서는 '미카엘'이 되어야 한다. 그가 자신의 신체를 통해 '미카엘'이 되기 위해 소년처럼 걷고, 말하고, 어울리는 과정에서 '로레'의 신체가 놓인 집과 '미카엘'의 신체가 놓인 숲은 서로 특정한 관계를 맺는다. 이 관계 맺기 안에서 '로레'와 '미카엘'은 소녀의 몸이자 소년의 몸으로 치열하게 부딪치지만, 그럼에도 결국 그는 집과 숲 모두를 포함한 공동체를 사랑하게 된다.

영화의 장면들은 유쾌하지만 '미카엘'이 '로레'를 들킬까봐, 영화를 보는 내내 아슬아슬한 긴장감을 느꼈다. '미카엘'은 자신에게 벌어지는 신체와 관련된 사건들을 그럴싸하게 처리하고 상황을 모면한다고 생각한다. 그러나 '미카엘'과 '로레'에 엉성하게 들러붙어 있는 성장의 징표들은 하루

만에 접착력이 다할 것처럼 불안정하다. 밖에서는 '미카엘', 집에서는 '로레'를 하던 그의 이중생활은 개학이 다가오면서 엄마 손에 의해 위기를 맞는다.

엄마는 무슨 일이 있어도 개학 전에 '로레'가 여자아이임을 동네방네 밝혀야 한다고 생각하고, '로레'에게 굳이 원피스를 입혀 아파트 단지를 함께 돌아다닌다. 빨간 반바지와 회색 민소매 위에 파란 원피스가 입혀지고, '미카엘'이 사실 '로레'였음을 증명하려는 시간. 유쾌한 장면들 속에 낮게 깔려 있던 긴장감이 수면 위로 끌려 올라와 관객들의 숨통을 조인다. 참지 못한 '로레'는 숲으로 도망쳐 원피스를 벗는다. 나무에 걸린 채 바람에 흔들리는 원피스를 뒤로하고 그가 숲을 빠져나가는 장면, 그리고 수영을 하고 온 '미카엘'이 유치乳齒를 넣어놓은 박스에 플레이 도우 뭉치를 넣는 앞의 장면을 나란히 세우면, 그 시절 '로레'와 '미카엘'이 무엇을 남기고 무엇을 떠나보냈는지 짐작할 수 있다. 여름방학이 끝나고 이제 학교에 가면 그는 '로레'인 채로 친구들을 사귀겠지만, 원피스 같은, 그런 옷은 절대 입지 않으리라는 것을.

1P 1P

소녀 되기에 실패한 아이는, 소년 되기에도 실패한다. 객관화되어 있는 것들은 쉽게 미끄러지고 규칙에 적극적으로 적응하는 방식은 낯설지만, 미끄러짐은 축축하고 끈적끈적한 여름의 불쾌함을 떠올리게 하는 것이 아니라 유쾌한 놀이들로 이어진다. 어릴 때는 불안정한 삶들이 부러웠다. 이사를 많이 다니는 것, 집에 늦게 들어가도 되는 것, 손가락이나 목에서 우두두둑 소리가 나는 것, 소풍 갈 때 김밥 대신 유부초밥 싸오는 것, 패스트푸드에 익숙한 것, 안경을 쓰는 것. 부러운 것들을 가지고 싶다고 가족들에게 토로하면 그건 나쁜 것이라고 했다. 여유가 없거나 외롭거나 건강하지 않은 것이라고 했다. 하지만 그것이 긍정적인 삶의 지표이건 아니건, 당시 내가 불안정한 것들에 진심으로 매료되고 그러한 삶의 방식을 동경했던 것은 판단할 수 있는 능력이 없었기 때문은 아니다. 삶의 질서를 지키거나 어기는 방법을 몰라도 오히려 나는 아이들이 어른보다 가치 있는 것들에 이끌리는 힘이 뛰어나다고 믿는다.

불안정한 것들은 언제나 새로운 것들을 발생시킨다. 실패한 여자아이는 자라서, 실패를 거듭할 것이다. 나는 내가 그리고 내가 속한 공동체가 가진 실패하는 힘과 지속되는 관계들 속에서 발생하는 새로운 규칙들을 믿는다. 그래서 지금-여기 실패한 여자아이는 자라는 중이다.

계집애 던지기
납작한 농구 코트에 유효타를 날리는 순간

지은이	허주영		초판 1쇄 발행
			2020년 9월 4일
펴낸이	주일우		
펴낸곳	이음		
등록번호	제2005-000137호		
등록일자	2005년 6월 27일		
주소	서울시 마포구 월드컵북로 1길 52 3층		
전화	02-3141-6126		
팩스	02-6455-4207		
전자우편	editor@eumbooks.com		

기획·편집	박우진		페이스북
			@EumPublishing
디자인	권소연		
일러스트	한지인		인스타그램
제작	세걸음		@eum_books

ISBN	979-11-90944-03-8 04810
	979-11-90944-02-1 (세트)
값	13,000원

이 도서의 국립중앙도서관 출판예정도서목록(CIP)은 서지정보유통지원 시스템 홈페이지(http://seoji.nl.go.kr)와 국가자료공동목록시스템(http://www.nl.go.kr/kolisnet)에서 이용하실 수 있습니다.(CIP제어번호: CIP2020028190)